閱讀《弟子規》

從生活中認識
經典的智慧

福智文教編輯群 著　吳宜庭 繪

我們爲什麼要做這本書？

獲得真實快樂的生命

從事教育近三十年，越發感覺到「教育」的深邃寬廣，真是偉大的希望工程。但倘若沒有持續跟著有正確經驗的人學習，以及和一群熱愛生命關心教育的夥伴們經常切磋琢磨，光靠個人的力量是很難走下去的。

在多次教師研習中，我接觸到儒家文化的經典學習有別以往的認識與了解，老師所闡述的經典教育意指從讀誦、背誦、觀察思惟、理解、實踐經典內涵，進而達到聖賢境界的過程。

先背誦文字再反覆深入研討義理，從生活中不斷進行思惟與觀察，其結果可以培養孩子學習聖賢智慧，將經典活用於學習及生活中，且在潛移默化中奠定良好品德和高遠的生命方向。這樣的學習深深撼動著我並進而參與其中，且帶入自己的家庭和教學現場至今快二十年，改善許多教育困境與問題。

有鑑於此，故在聯經出版公司的邀約下，找了多年從事經典教育的友伴們——蔡佳凌、蔡秀媛、林士郁、陳秀滿、鄭斐文、李慧婷老師等，將學生們透過起源於《論語・學而》的《弟子規》學習與實踐後，在家庭及學校的人我互動下，依真實現況彙整成書。

過程中為了忠於原貌且完整呈現，但又顧及閱讀所需，因此，須多番往返於導師、學生、家長及負責修潤工作者之訪談確認、討論、溝通、共識……，這對於白天仍需長時間工作的我實在備覺艱辛。但是，每次在閱讀這些故事時，許多場景總是立即浮現腦海，伴隨時而哭、時而笑的情緒，彷彿也與孩子們同回現場，更重要的是看到許多人在這些歷程中，不斷經由學習而成長，且越來越快樂！

為這本書提供所有真實案例的我們，衷心的希望能將此份喜悅傳遞並分享給更多人，期盼大家亦能透過我們的故事和提問，經由聖賢智慧，解決眼前困境，並漸次進入儒家經典文化的學習，遨遊於聖者智慧的蒼穹，帶動家庭、班級、學校與社會等良善的循環，最終使生命得以獲得真實快樂！

特別感謝聯經出版公司的肯定鼓勵與支持協助，促成此書的出版，謹以此書獻給教導我們學習儒家經典文化的恩師！

本書主筆　林俞君

二〇一七年三月三日

推薦序

一、讓《弟子規》活靈活現

經典道理蘊藏聖賢智慧，但經典本身無法展現經典的道理，需要有人先具體實踐後，再加以活用與傳遞，才能彰顯經典的智慧。《閱讀《弟子規》》此書令人感動的地方，是真的有一群從事經典教育的老師與家長們，透過長時間學習儒家經典，陪伴孩子讀經，實踐了《弟子規》的道理，並用淺顯易懂的故事方式傳遞給眾人，讓《弟子規》的聖賢智慧活靈活現起來，對於在第一現場推動讀經教育者而言，當有振奮鼓舞的作用。

有人批評《弟子規》是封建時代的奴化書籍，一味要求孩子百依百順，簡直扼殺了孩子的自主探索能力，這些誤解可能因為實踐的不夠善巧，或是只從字面上去理解道理，從而忽略從文字道理的「知」到「行」的轉折過程中，是有很多內心反省的觀察與抉擇，而這個從內心觀察與抉擇的過程，當屬倫理學意義上的「自律」，並不是只有「他律」，這點常被批評者忽略。

如今，這本書的出版應該可以填補這項缺憾，因為以「生活現形記」所呈現的故事內容，都是孩子們在學習過程中真實發生的故事，也具體呈現了孩子如何進行「內心觀察與抉擇」的轉變過程，並在每個故事後面巧妙的設計「腦筋動一動」，持續引導孩子更進一步深化《弟子規》的智慧，《弟子規》的活潑面向也由此傳達。

有了這樣的活用教材，帶動許多第一現場推動讀經的人，勇於蒐集實踐教案，勤於動筆寫作，讓現代人更能進入儒家經典，讓更多孩子自幼即種下與聖賢智慧連線的種子，改變我們現在重視物質、知識而輕忽品德、心靈教育的狀況。

臺灣師範大學東亞學系教授兼東亞文化與漢學中心主任　張崑將

推薦序

二、以古今智慧點亮生命

身為教育工作者的我，如何帶領學生走一條向善向上的路，是我不斷傾聽與思考的問題。當年初任校長時，滿腔的教育熱誠與理念，恨不得一股腦兒輸送給師生，可是學習要有次第，應從哪裡下手？什麼又才是基礎教育的根基？

看到《閱讀《弟子規》》這本書彷彿讓我重回教學現場，孩子們的琅琅讀書聲重現腦海，聽學生童言童語的訴說著，如何依著《弟子規》的內容實踐在生活中，我想這便是實踐教育的真正意義吧。而自栩科技文明的現代人，應更需要有所自律與持續保有人際間的良性互動才是，《閱讀《弟子規》》的內容正是我們教育下一代的基礎。

書中三字一句的韻語，能讓孩子琅琅上口，每篇《弟子規》的主文顯現生活的智慧與經典的精采之處，「聽老師這樣說」深入淺出卻又顯而易懂，「生活現形記」更是孩子生活的寫照，「腦筋動一動」是親師生引導的好題材，也是孩子自我探索的好夥伴。《弟子規》它走進我們的內心深處，牽引那股向上向善的力量，更是一本融合古今智慧，幫助我們找到自己和他人亮點與互動的好書，願《閱讀《弟子規》》這本書能照亮您的生命、家庭與校園，也希望大家能珍惜此書得來不易喔！

基隆瑪陵國小退休校長　陳柔姝

目次 CONTENTS

主題三：〈謹〉——生活習慣

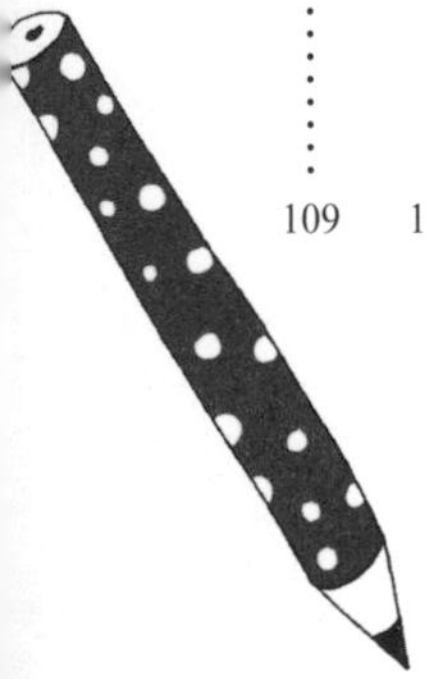

主題四：〈信〉——與人應對進退

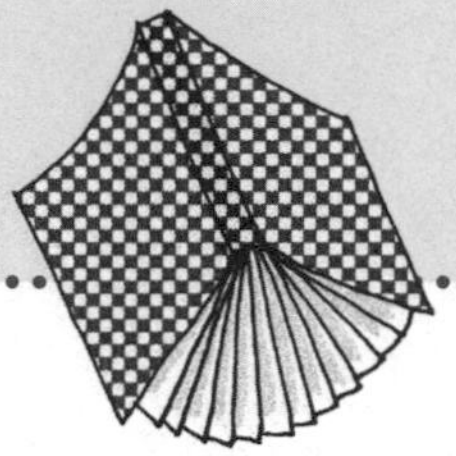

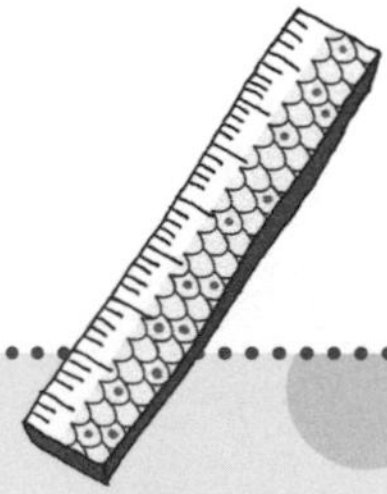

主題六：〈親仁〉——同好朋友

主題七：〈餘力學文〉——學習向上

附錄

故事暖身操——《弟子規・總敘》

新手上路

弟子規，聖人訓，首孝弟，次謹信。
汎愛眾，而親仁，有餘力，則學文。

聽老師這樣說

《弟子規》原名《訓蒙文》，是後人依據至聖先師孔子對學生的教誨，並依學習內容和順序而制定的生活規範。首先要孝順父母、友愛兄弟姊妹，其次是在日常生活中要謹言慎行、守信用，而且要愛護所有的生命，親近有仁德的人。品德學好後，再將心力放在課業的學習。

生活現形記

「《弟子規・總敘》，弟子規，聖人訓，首孝弟，次謹信……」

「背背背背，一直背有什麼用，我從一年級背到現在，早就會背了。真不知道有什麼用？」

「小興，你可不可以不要碎碎念啊！」許舜文生氣的說。

「我只是自言自語，又沒吵到你，明明就是你自己不專心念，還怪別人……」

「你太過分了，干擾別人還不聽勸……」

「你們兩個怎麼啦？怎麼吵起來了？」老師問。

「小興一直吵我，還說什麼為什麼還要一直背……」

「喔！小興早就背起來了呀！那很好，有沒有把經文拿來用呢？」老師說。

小興搖頭：「我不知道《弟子規》要拿來用，用什麼？怎麼用？」

「原來你還不會用啊！」

老師走上講台跟大家說：「你們平常在玩遊戲時，是不是就有一些規則？平常的生活也是一樣，都有一些應該要遵守的規定啊！」

「可是有規定很煩耶！犯了規就要被處罰。」

「其實規則是要保護我們的，會讓我們更安全。想想看，如果大家不遵守紅燈停、綠燈行的規定，那所有的車子豈不是會撞成一團嗎？」

「《弟子規》裡面有一些好的行為標準，如果照著做，就像看到綠燈可以讓我們安全通過，也會學到好的習慣。」

「那紅燈是什麼呢？」

「有一些不好的行為，我們就要像看到紅燈一樣停下來，好好想一想，如果硬闖就會有危險。」

「現在很多人開車都會用導航系統，幫忙指引出一條最快速抵達目的地的道路，《弟子規》就像導航一樣，會幫我們找出一條最快、最短的捷徑。」

「什麼？《弟子規》怎麼會跟導航系統有關？」

「有啊，《弟子規》為我們指引出最好的一條路。你們知道它是源於哪部經典嗎？」

「不知道耶！」

「《弟子規》源於《論語・學而》，所謂『經』是指萬世不變的道理，是古代聖賢者傳遞下來的經驗和道理，學會了可以少走冤枉路。」

「那要從哪裡開始走呢？」

「從每個人的家裡出發，在家孝順父母，養成聽從尊長的習慣，出去就會恭敬長上，尊重朋友，為人著想，愛護所有生命，親近有仁德的人等等。如果能夠按照這樣的學習內容和順序，一步一步走，最後就會走到導航的終點，成為一個受人尊重的人！」

「剛才小興問：『背、背、背，背了《弟子規》到底有什麼用？』因為你們年紀小，記憶力強，現在先背起來，以後遇到適合的場合，腦中就容易立刻浮現學過的內容，自然就會想去做。」

這時，小興又舉手了：「老師，我還是不知道要怎麼用啊？」

「這樣啊，那我們把同學們平常實踐的小故事都收集起來放在後面，給大家做參考好嗎？」

「好啊，萬歲！」

腦筋動一動

1. 為什麼老師將《弟子規》比喻為導航系統？
2. 我們能從《弟子規》一書中學習到什麼？

主題一：〈入則孝〉——孝順父母

一、使命必達

父母呼，應勿緩，父母命，行勿懶。

聽老師這樣說

父母叫我的時候，要立即回應，不要拖拖拉拉。父母要我做事，馬上去做，不要偷懶。

生活現形記

「小竣，要吃飯了，趕快來幫忙擺碗筷！」

「快破關了，再來一下，耶耶耶，進球進球，得分，啊！太棒了……」

「小竣，你在做什麼？快點來幫忙啊！爸爸快到家了，他上班回來一定很累很餓，不要再讓他等我們。」

「喔！好啦、好啦，就快好了！」媽媽真是的，每次都在我快破關時叫我，都不知道一停下來就會前功盡棄，多可惜啊！

「為什麼總是要我叫你好幾次，你才會回答，不能快點嗎？」

「因為每次你叫我的時候，我也在忙呀！」

「忙什麼呀！忙工作？忙煮飯？還是寫功課？我看你是忙著玩……」

聽著媽媽嘮叨，心裡本來不太高興，但是轉頭看到媽媽衣服都來不及換就在廚房忙，又覺得自己有點過分，就趕緊過來擺好碗筷，果真過沒多久爸爸就回來了，全家可以開心用餐了。

晚上洗完澡準備穿衣服時，發現忘了拿內褲，就大叫：「媽，幫我拿內褲。」

「你先趕快穿上衣服，免得著涼，我馬上拿來。」媽媽回答。

結果媽媽馬上送內褲給我，我突然想起傍晚媽媽叫了我好幾次，我都沒有立即回答，也沒有馬上去幫忙媽媽，覺得很慚愧。穿好衣褲出來後，很認真的跟媽媽說：「對不起！以後媽媽叫我或請我幫忙時，我一定會馬上來。」

媽媽拍拍我肩說：「小竣，真是長大懂事了喔！」一旁的爸爸也笑了。

腦筋動一動

1. 你覺得小竣孝順嗎？為什麼？
2. 你有沒有像小竣這樣類似的經驗？換作是你，你會怎麼做？結果又是如何？

二、媽媽的連環「念」力

父母教，須敬聽，父母責，須順承。

聽老師這樣說

父母教導我時，要恭敬的聽進去；被父母責罵時，要順從的接受，不要頂嘴。

生活現形記

一如往常，放學回家，媽媽在廚房煮晚餐，看到我回來，媽媽馬上說：「回來啦！快去寫功課，等一下就吃飯了。」

我心裡嘀咕著：「上一整天課回來，也不讓我休息，就一直叫我寫功課，今天是週末，寫什麼功課，真煩……。」休息不是為了要走更長遠的路嗎？今天借了三本漫畫，要好好放鬆一下。

正當我沉浸在漫畫世界裡的緊張情節時，又聽到媽媽大聲喊：「幫忙擺碗筷，準備吃飯了。」

我不耐煩的回答：「什麼？要做什麼！」嘟著嘴走出房間，邊擺碗筷邊生悶氣。

雖然不高興，但是看到桌上有我最愛吃的九層塔煎蛋，突然覺得好餓就順手揀一塊吃，沒想到被從廚房端湯出來的媽媽看到，馬上大罵：「跟你說過多少次，不要用手揀菜吃，這是壞習慣要改。」

「肚子餓嘛！有什麼大驚小怪的，弟弟也常這樣，你都沒罵他。」我不甘示弱的馬上回嘴。

「媽媽也是為你好，弟弟也常被罵啊。」在一旁的爸爸打圓場，還是爸爸疼我。

被媽媽罵心裡已經很不舒服。沒想到媽媽又開口：「小琪你是不是該收心念書了，上次段考數學成績不是很理想，我買的題本，你好像都沒做，要多練習啊……」

天呀，又來了！媽媽只要逮到機會就開始碎碎念，真的有夠煩，匆匆吃了兩口就回房間，繼續沉浸在漫畫的世界裡。

隔天早上，跟全班一起到養老院當義工，真高興可以逃出媽媽的嘮叨。在打掃時看到一位叔叔，推著坐在輪椅上的老婆婆，叔叔不停的和她說話，但她都沒有回應，還會一直流口水，只見叔叔很有耐心的幫老婆婆擦口水，好奇的我走向前，叔叔看到我，很溫和的說：「小朋友，你真乖，會利用假日來養老院當義工，你在家一定是聽話的好孩子。」

聽他一說，我真是不好意思。叔叔接著自言自語的說：「我以前都覺得媽媽好嘮叨、好煩，現在我真的很希望能再聽到她罵我、念我，但已經不可能了……」看到叔叔痛苦的神情，再看看坐在輪椅上的老婆婆流著口水、面露呆滯的表情，我的眼眶竟也不自覺的濕了……。

回家的路上，我的腦海一直出現叔叔哀傷懊惱的神情。想起媽媽在教我一些生活禮節、念書方法時，我總覺得她很煩；當我做錯事被糾正時，又覺得她嘮叨。其實她所做的一切都是為我好啊！我不要像叔叔一樣懊悔遺憾，絕對不要。

下午，爸爸準時來學校接我，坐上車後，我先向爸爸說：「謝謝。」爸爸驚訝的問我：「在養老院，發生什麼事了嗎？」我很慎重的對他說：「對不起，每次我做錯事，只要你和媽媽稍微責備我，我就發脾氣，甚至頂嘴。你們教我時，我也覺得嘮叨。」一向幽默又風趣的爸爸說：「養老院這麼有效，明天也把弟弟送去，讓養老院教一教。」

「爸，我是說真的，我和你打勾勾保證一定會改。」說完，伸出手指和爸爸打勾勾。

腦筋動一動

1. 媽媽為什麼要不斷提醒或教導小琪呢？
2. 小琪應該感謝媽媽嗎？為什麼？
3. 你能夠感恩父母給你的提醒或教導嗎？

媽媽：「快起床，不要再睡了，
太陽要曬屁股了！」
小男孩：「明明就是暑假，
媽媽為什麼不讓我睡……」

三、我的哆啦A夢奶奶

冬則溫，夏則清，晨則省，昏則定。

聽老師這樣說

隨時注意父母的身體狀況，寒冷時注意保暖，炎熱時幫父母搧涼。早晨晚上要向父母請安問好。

生活現形記

每天放學，奶奶都會來接我，平常如果我覺得冷時，就會打電話請奶奶送外套來學校；天氣太熱，我受不了痱子癢，也會請奶奶送藥來……，因為我家離學校很近，奶奶總是隨傳隨到，同學們都說我是大雄，奶奶是哆啦A夢！

有一天，我又打電話請奶奶送痱子膏來，奶奶到時，剛好下課鐘響，我急著和同學去打球，完全沒理奶奶。同學發現後報告老師，老師招呼奶奶，還代我收下痱子膏。

午休時，老師問我：「奶奶幾歲了啊？上下樓梯累不累呢？她送痱子膏到班上時，你有看到她滿身大汗的站在教室外面等嗎？」

「老師覺得奶奶好愛你，好疼你呀！奶奶還幫你做過什麼？可以分享給老師聽嗎？」

我邊想邊告訴老師奶奶對我的好，很驚訝我以前怎麼都沒察覺到這些呢？

老師說：「那麼你可以怎麼照顧奶奶？安安可以好好想一想喔！」

下午放學時，我跟奶奶說：「謝謝奶奶來接我，天氣那麼熱，還幫我送痱子膏，以後我會注意天氣變化，自己帶外套或痱子膏，也要多學習關心奶奶和爸媽的身體。」

奶奶睜大眼看著我說：「安安今天怎麼了？」

我牽著奶奶的手邊走邊說：「哆啦A夢愛大雄，大雄也愛哆啦A夢。」奶奶聽得一頭霧水，但我好開心啊！現在換我來做哆啦A夢了。

腦筋動一動

1. 你覺得安安孝順嗎？為什麼？
2. 安安可以怎麼扮演好奶奶的哆啦A夢呢？
3. 你會注意天氣變化，關心父母和家裡的長輩嗎？
4. 什麼做法會讓自己和家人都歡喜呢？

四、爺爺的小太陽

出必告，反必面，居有常，業無變。

聽老師這樣說

出門前一定要讓父母知道自己的去處，回家時也要告訴父母：「我回來了。」讓父母放心。生活起居要有規律，做事要有始有終，不要任意改變。

生活現形記

「爺爺，我要去上學了！拜拜！」爺爺睜開眼睛，對著我說：「好乖，上學要注意安全喔！」

放學回到家，我也一定先走到爺爺面前，對爺爺說：「爺爺，我回來了。」

耶，放假囉！只要全家人在一起，去哪裡都好玩。
陪伴祖父母，便是最好的孝心。

印象中的爺爺十項全能，家中所有的東西他都會修理，而且一邊修理東西，還會一邊耐心的解釋給我聽。不僅如此，他也常煮好吃的飯菜給全家人吃。但是，這幾年他生病了，只能一直躺在床上，我已經好久沒有看到爺爺做事時專注的表情和說話時的笑容了，大部分的時間他都閉著眼睛躺在床上。只有在我跟他說：「爺爺，我要去上學了！」和「爺爺，我回來了。」時，才能看得到他的笑容。

有一次，我放學回來，一如往常的說：「爺爺，我回來了。」他突然握起我的手，眼角溢出淚水對我說：「小曼，你乖，爺爺謝謝你！」我問媽媽，為什麼爺爺要謝謝我？媽媽說：「因為爺爺生病躺在床上好多年，什麼事情都不能做，他會覺得自己很沒有用，心情就像夜晚一樣黑暗。小曼每天上學前和放學後的問安，讓爺爺對你的起居作息很放心，也讓他感受到尊重，心情就像陽光般開朗起來，爺爺覺得很安慰，所以才會說謝謝你啊！」

原來只是簡單的打招呼，對爺爺而言是那麼有意義、有價值，也會讓父母歡喜，這真是一件好事啊！我一定要繼續做下去，讓爺爺和爸媽都高興！

腦筋動一動

1. 小曼每天上學出門前、放學回家後一定會做什麼事？做這些事很困難嗎？為什麼？
2. 爺爺為什麼要對小曼說謝謝？
3. 小曼孝順爺爺和父母嗎？可以從哪些地方看到？

五、驚嚇一場

事雖小，勿擅爲，苟擅爲，子道虧。

聽老師這樣說

雖然是小事，也要多請教父母，不要自己想做就做。讓父母操心，就是不孝順。

生活現形記

放學了！我背起書包，突然傳來小克的叫聲：

「弘廷！等等我呀，我們一起走！到我家去。」

「不行啦，我媽今天去台北辦事情，交代我下午五點要自己走去上英文課。」

「先到我家玩一下，我爸媽剛好也不在家，你五點再去上課。」

「好吧！但不能讓我遲到喔。」

我心想只要玩一下，五點就去上課，七點前回到家，什麼都不用說，媽媽也不會知道。

小克家就在學校對面的大樓裡，一進屋，我們就開始玩起遊戲來，一專心投入就忘了時間，等到我想上廁所而站起來時，發現竟然已經七點了，媽媽一定很著急，回家一定會挨罵，我緊張得拔腿就跑，也顧不得小克在說什麼，一路衝回家。

回到家，走進客廳，聽到媽媽正在和補習班的英文老師通話中：

「李老師，弘廷回來了，您可以放心……」看得出媽媽也鬆了一口氣了。

我因為貪玩沒有先跟媽媽講，也沒去上英文課，讓他們這麼擔心，真是不應該啊！

腦筋動一動

1. 弘廷犯了什麼錯？他為什麼會犯這個錯？
2. 弘廷應該怎麼做才恰當？
3. 你有沒有過類似的經驗？

六、螞蟻來報到

物雖小，勿私藏，苟私藏，親心傷。

聽老師這樣說

雖然是小東西，也不要私自收藏，要讓父母知道，私自收藏會讓父母傷心。

生活現形記

媽媽利用這個週末，帶我回外婆家，每次我們一回來，外婆和舅舅、阿姨都會為我們準備很豐盛的飯菜和點心，媽媽也會大包小包的買很多好吃的東西帶回去。這次媽媽準備的小餅乾不僅好吃，上面的圖案和形狀都很漂亮，我實在捨不得全部拿出來，就偷偷先藏了幾個放在書包裡，準備等下週一回學校時，拿給好朋友吃。

沒想到星期日回到家一打開書包：

「天啊！怎麼都是螞蟻，好噁心喔！媽！……」

「怎麼啦？螞蟻怎麼會跑進去？你有放吃的東西在書包裡嗎？」

夏天吃冰棒，
真是涼快啊！

「嗯……」我吞吞吐吐的回答。

「趕快先把東西拿出來，螞蟻才會自動離開。咦？這不是我們帶回去外婆家的小餅乾嗎？怎麼會在你的書包裡？」

「嗯……我偷藏了幾個想帶去給同學吃，沒想到……」

「小欣，這些雖然都是小東西，但你沒跟媽媽說就私下藏起來，這是不對的，你這樣做，媽媽會難過。以後你要什麼東西，要先跟媽媽講。」

「媽，我知道了。」

腦筋動一動

1. 小欣偷藏了餅乾，媽媽為什麼會難過？
2. 你覺得小欣應該怎麼做才對？你有沒有類似的經驗呢？

七、戰勝青椒大作戰

親所好，力為具，親所惡，謹為去。

聽老師這樣說

父母喜好的東西，要盡量準備；希望我們做到的事，要努力做好；父母不喜歡的東西，要盡量去除；不希望我們做的事，就不去做。

生活現形記

「小萱，吃飯了！」

「好，我馬上來。」

聽到媽媽的叫聲，我馬上收拾好桌上的東西，飛快的走下樓到廚房，幫忙拿碗筷。走到餐桌時，瞬間瞪大眼睛，心裡驚叫：「天啊，又是我最討厭的青椒！」

晚餐開動。討厭的弟弟一直在旁邊調侃著說：「青椒好好吃喔，我最愛吃了，你要不要吃啊……」媽媽一邊把青椒夾到我碗裡，一邊說：「小萱呀！多吃點青椒，才能像弟弟一樣，身體健康。」我心裡嘀咕著：「天底下怎麼會有這麼臭的食物？真受不了。」我只好無奈的夾了最小一塊的青椒，噁心的味道瞬間撲鼻而來，立刻就把它丟回碗裡。

「為什麼一定要吃青椒？難道不能只吃自己喜歡的食物就好了嗎？如果長得像弟弟一樣身材高大，萬一被同學取笑了，怎麼辦？」忽然，聽到爸爸和媽媽討論今天上班發生的事情，看著他們每天從早到晚辛苦賺錢，照顧我和弟弟，尤其是媽媽一下班就趕回來幫我們做晚餐。媽媽希望我們不挑食、不偏食，希望我們的身體能夠健康，我若做到了，他們一定會很開心，這應該就是「孝順父母」吧！

想到這裡，我鼓起勇氣拿了空碗裝了湯，深呼吸，閉氣，把碗裡所有的青椒一口塞入嘴巴，立刻灌入湯、吞下青椒，趕快再塞了自己最愛吃的紅燒鐵板豆腐。此時，眼角瞄到弟弟驚訝的看著我豪氣的戰勝了青椒的表情，我忍不住開心的露出微笑說：「原來，青椒也不怎麼樣嘛，根本不用這麼害怕啊！」

腦筋動一動

1. 如果小萱堅持不吃青椒，可能會有什麼結果？
2. 小萱孝順父母嗎？你從哪些地方知道？
3. 你知道爸媽最喜歡你哪些行為？最不喜歡你做哪些事？
4. 你能像小萱一樣想辦法克服自己的恐懼和厭惡，做令父母開心的事情嗎？

八、媽媽的擔心

身有傷，貽親憂，德有傷，貽親羞。

聽老師這樣說

要照顧好自己的身體，如果身體受到傷害，父母會很擔心；要注意自己的行為，如果品行不好，父母會覺得丟臉。

生活現形記

我最喜歡回外婆家了，因為可以和表哥一起去打球。今天媽媽帶我回外婆家，我又興奮又開心，吃過午餐之後，媽媽陪外婆出去辦事，我等了好一會兒，心裡很著急。

「媽媽怎麼還沒回來？這樣就不能去打球了啦！」

「阿楷，再等一下，說不定她們就回來啦！」

雖然表哥安慰我，但是我越等越生氣，因為天就要黑了。終於，媽媽和外婆回來了。

「媽，我要和表哥去打球。」

「對不起！我們回來晚了。你看，天色暗了，媽媽會擔心你們的安全。阿楷，今天是不是就不要去了，好嗎？」

「為什麼？你答應過我的！」我氣得亂打牆壁，又往玻璃門上重重的一拍，沒想到玻璃裂了，割傷了我的手，好痛，我也嚇到了，不敢再鬧情緒。

媽媽馬上幫我止血。包紮的時候，我哭著跟媽媽說對不起，因為我把手弄傷了，害媽媽擔心難過。媽媽安慰我說：「其實，媽媽也是擔心你的安全，怕你受傷，才不讓你天黑出去打球的。媽媽知道你是因為太想打球，一時沒有想到媽媽的擔心，才會亂發脾氣……。」

聽了媽媽說的話，我更覺得慚愧，它讓我看到自己只在乎想玩的心，卻沒有去想媽媽對我的疼愛和擔憂，我實在太不懂事了。原來我受傷了，媽媽是會很心疼的。

所以從那天起，我在學校會開始注意，努力不讓自己受傷，好好保護自己，因為我不想再讓媽媽擔心了。

腦筋動一動

1. 當我們的身體受傷或不舒服時，父母親會有哪些想法和感受？
2. 心情不好時，你應該怎麼表達才不會傷害自己和他人？
3. 為了不讓父母親擔心，你會怎麼做？

九、有媽的孩子像個寶

親愛我，孝何難，親憎我，孝方賢。

聽老師這樣說

父母疼愛我，孝順他們沒有什麼困難，父母因為某些原因討厭我時，還能孝順，這才稱得上賢能。

生活現形記

走在放學的路上，我又唱著：「世上只有媽媽好，有媽的孩子像個寶……」

「小惠，拜託你別唱了，每次聽你唱這首歌都覺得好心酸喔！」

面對好友阿華一成不變的抱怨，我笑一笑，仍繼續唱著，還邊採著路旁的野薑花。

阿華看到後衝上來，搶走花並拉起我的衣袖說：「這一條痕跡又是什麼？」

我趕緊放下衣袖說：「沒什麼啦！」

「什麼沒什麼！明明是你家小弟不聽話，你媽管不動就打你，把氣出在你身上，你哪是有媽的孩子像個寶呀？」

我正想反駁，沒想到住我家隔壁的小珍，接著插話說：「對啊！你媽媽真的很偏心耶！把弟弟的帳都算到你頭上了。」

好朋友的不捨，我心裡好感動，卻急著辯解：「我知道你們心疼我，是我做得不夠好，我媽其實也是不知道要怎麼管弟弟，這個世界上有多少人沒有媽媽，他們多可憐呀！我還有媽媽管我，讓我可以讀書學習，有得吃有得穿，我很幸福了！而且……」

阿華一副快受不了的樣子說：「而且什麼，你說啊？」

我突然提高音量，大聲說：「我相信狀況是會改變的，只要我努力，總有一天媽媽也會改變她的行為。」

朋友們睜大眼睛，一副服了我的表情，我繼續唱著歌、邊採著野薑花。

腦筋動一動

1. 故事中小惠的媽媽對她好嗎？為什麼她還這麼孝順媽媽？
2. 說一說，我和父母相處的狀況及感受？
3. 想一想，為什麼要孝順父母？
4. 父母責罵或處罰我時，我仍然願意孝順他們嗎？為什麼？

十、我的家庭作業簿

親有過，諫使更，怡吾色，柔吾聲。

聽老師這樣說

父母有過失，要規勸他們，希望他們能改正過來，不要留下惡名聲。規勸時臉色要和悅，聲音要柔和。

生活現形記

「瑋瑋，你的手腳受傷了，怎麼一回事？」老師關心的問我。

「沒什麼啦！我的作業沒寫完就跑出去打球，我爸發現了很生氣，抽出皮帶打我。」

每次只要我不符合爸爸的要求，就會惹來一頓打，爸爸從不聽我解釋，我曾大聲怒吼推開他，也曾想過報家暴，但一直都沒去做。

今天他打我，可能是天氣冷，我感覺特別痛，真的很厭惡這樣的生活方式。聽了我的抱怨，老師引導我去想：爸爸為什麼要打我？他的想法是什麼？也許是為了讓我以後生活和學習更順利？我要怎麼改變這種狀況？我希望爸爸怎麼對待我？……

今天我的作業又被老師用紅筆圈出許多錯誤的地方，還得重寫，真怕被爸爸看到後又要挨打，心想要是把作業藏起來呢？還是逃到奶奶家？但是一想到我們家是單親，都靠爸爸當清潔工來養活我，還一手打理我的生活起居，現在我連交作業都讓他擔心，實在不應該！想到這裡，決定痛改前非，便趕快拿起作業簿重寫。

爸爸進了門，看到我在寫作業，說：「今天怪怪的，有代誌？」我趕忙說：「爸，

放假時光，和爸媽一起讀書，真幸福！

對不起！」並說明原因，我還說：「爸，我已經在趕作業了，多寫幾遍，以後就不容易再寫錯，我也會努力不再犯！」接著，主動將作業簿交給爸爸檢查。奇妙的是，已往爸爸看著我的作業簿，不是嘮叨、生氣、臭罵，就是毒打一頓。今天竟然只說：「長大了，要認真寫功課。」便進廚房準備晚餐了。

晚餐時，我小心翼翼的放低音量說：「爸！以後我犯錯了，可不可以像今天晚上這樣用『說』的就好？」雖然爸爸又開始嘮叨，但口氣和態度很明顯和之前不一樣了。我覺得很開心，心裡感覺暖暖的！

我相信往後只要我願意繼續改善，爸爸一定也會改變的。

腦筋動一動

1. 瑋瑋面對與處理作業的問題時，他的做法是孝順父母嗎？你從哪裡知道？
2. 為什麼瑋瑋今天晚上心裡感覺暖暖的？
3. 你會和父母親溝通嗎？有溝通成功嗎？如何成功？

十一、和媽媽的新生活

諫不入，悅復諫，號泣隨，撻無怨。

聽老師這樣說

父母不聽規勸，等他們心情好時再次提醒。哭著懇求父母，即使父母不諒解而責打我，也毫無怨言。

生活現形記

因為爸媽離婚，媽媽沒有跟我們住在一起，但每隔一段時間，我會去大園跟媽媽見面。

上次見面時，我告訴她：「我下學期要轉學到一所私立學校就讀，因為要住校，以後就不能常常來看你了。」

「為什麼要轉學？新學校到底有什麼好？有必要去那麼遠的地方念書嗎？」媽媽非常不高興，無法接受我要轉學這件事。

這次回大園家的時候，媽媽一直追問：「真的是自己想去讀嗎？還是被逼的？是不是家人要藉此拉開我們之間的感情？」媽媽想盡了各種辦法遊說我不要去新學校。

為了不讓媽媽擔心，我用很溫柔的聲音跟她說：「沒有人逼我去，是我自己真的很想去那裡讀書！你放心，新學校的老師跟同學都對我很好，我在那裡很快樂！學校裡樹木好多，空氣很好，每天都有很多時間可以做運動，看！我是不是越來越健康了？」

媽媽還是很不開心，都不願意聽我說。我很難過，但還是一次又一次語氣柔和的跟媽媽解釋：「我們的課程很豐富喔，我可以學到很多。」、「我們在學校還有很多機會可以做善事幫助別人呢！」、「想媽媽的時候，可以寫信給你，一放假就來看你。」

這時媽媽終於被我打動了，願意讓我留在新學校讀書，也祝福我能在新環境快樂學習。我非常謝謝她，希望媽媽有機會能到新學校來看我。

腦筋動一動

1. 故事中的小朋友如何讓媽媽改變心意，同意他到新的學校學習？
2. 你認為真正打動媽媽，使她改變心意的原因是什麼？
3. 你覺得這個小朋友為什麼願意不斷的與媽媽溝通，使她改變心意？

十二、我們家的超強特效藥

親有疾，藥先嘗，晝夜侍，不離床。

聽老師這樣說

父母生病時，多注意他們服用的藥物，不要出錯；病情嚴重時，更要日夜陪伴，不要隨便離開父母的床邊。

生活現形記

過年時，爸爸媽媽同時感冒，已經好幾天都沒有好轉。我非常捨不得，很想讓他們身體快點好起來，舒服一點，所以每天三餐飯後，都會主動幫爸媽溫熱中醫師配製好的藥，煎藥給他們喝。

還記得聽老師說過，用冰糖蒸梨子可以治療咳嗽。於是，就主動問爸爸：「爸爸，我幫你們熬煮『冰糖梨子水』好嗎？」爸爸想了一下，說：「好啊！」於是，晚餐之後，當媽媽在後院洗衣服時，我就把事先充好電的暖暖包，讓媽媽放在身上取暖，又忍著不睡覺，在廚房忙著熬煮冰糖梨子，等媽媽晾完衣服進來屋裡，就可以跟爸爸一起飲用溫熱的梨子水。

在爸爸媽媽生病的那幾天晚上，天氣特別冷，我會先打開電暖器讓房間變溫暖，並且把被窩溫得暖暖的，等媽媽忙完所有家事時，就過去牽著她的手，請她和爸爸快點睡覺。就這樣連續幾天，爸爸媽媽終於一天一天的好起來了。

爸爸媽媽說：「學兒，你真是個懂事的小天使，讓爸媽好感動。」

我也好開心，因為我有機會照顧爸媽，我們全家也過了一個最溫馨的新年！

腦筋動一動

1. 天冷時，學兒為生病的爸媽做了哪些事情？你做過這樣的事情嗎？為什麼？
2. 爸媽稱讚學兒懂事，你覺得學兒受爸媽肯定的原因是什麼？

十三、送給爸爸的話

喪三年，常悲咽，居處變，酒肉絕。

聽老師這樣說

父母往生後，一想到父母的恩德，就悲從中來。守喪期間生活起居要調整改變，不要貪圖享受，應該暫時不吃酒肉。

生活現形記

爸爸在十二月中往生了，我好想念爸爸。

媽媽忙進忙出，一直在處理爸爸的後事。我真的好想念爸爸，但是我不想讓忙碌又傷心的媽媽再為我擔心，所以我都忍著不哭，有時還安慰媽媽說：「媽媽，我和哥哥會互相幫忙，不會讓你和爸爸擔心。」媽媽每次都感動的摸摸我的頭，摟著我說：「小茜，謝謝你！對，我們一定要互相幫忙的走下去！」

我一直不敢把我對爸爸的思念告訴媽媽和爺爺奶奶，怕他們擔心我，因為我知道他們也很想念爸爸。所以我每次在寫聯絡簿的時候，都會把對爸爸的思念和祝福寫出來：「我好想念爸爸……」、「我愛爸爸……」、「我希望爸爸的生命能夠更好……」每次寫，老師都會鼓勵我、陪伴我，並且教我怎麼讓自己別這麼難過，以及如何幫助媽媽和爺爺奶奶也不要太難過，我真的很謝謝老師。

每次想念爸爸的時候，我就會想著爸爸對我的期望是用功讀書、孝順父母，並告訴自己，一定要努力做到，讓爸爸放心、開心。而且每次當我做到時，我也會寫信或對著爸爸的相片說：「爸爸，小茜有乖，有聽爸爸的話，今天在學校很認真學習，老師說我很棒……，請爸爸放心。」不管爸爸在不在，我都努力照著他的期望去做。

漸漸的，雖然我還是很想念爸爸，卻已經不像之前那麼難過了，因為我覺得爸爸就在我的心裡，從來沒有離開。

腦筋動一動

1. 面對爸爸的過世、後事的處理以及之後無法和爸爸一起生活的日子，小茜是怎麼想的？怎麼做的？
2. 面對親人過世，你覺得要怎麼做、怎麼想，才會對自己和家人最有幫助呢？
3. 如果小茜一直壓抑自己的情緒而沒有抒發，可能會有什麼結果？

十四、爸爸最後的禮物

喪盡禮，祭盡誠，事死者，如事生。

聽老師這樣說

辦理父母的喪事要合乎禮節，祭拜時也要誠心誠意，如生前一樣恭敬。

生活現形記

暑假已經開始一段時間了，媽媽說要帶我去祭拜爸爸。

我問：「要帶什麼給爸爸呢？」

媽媽說：「父親節快到了，小勳就寫封信給爸爸吧！」

我在心裡默默的想著：「到底要寫什麼啊？不知道在天上的爸爸過得好不好？」永遠記得參加學校招生體驗是爸爸送給我的最後一個禮物。爸爸過世前，希望我去上一所私立學校，所以幫我報名那所學校的招生體驗，報名之後卻一直沒有消息，讓我們都有點失望。然而，就在爸爸去世的那一天晚上，我突然接到了學校老師的電話，告訴我可以參加體驗，當下，我心裡想著：「這是不是爸爸送給我的最

後一個禮物？」所以，我決定參加這個活動。

雖然參加了招生體驗，但我心裡一直想著爸爸，沒辦法專心，因此最後沒有被學校錄取。經過一年，爸爸生前的願望我都沒忘記，所以就請媽媽再次幫我報名，結果順利錄取了，我也決定要在學校好好學習，來報答爸爸和媽媽！

我在信中向爸爸報告我的學校生活，也對爸爸說：「爸爸，謝謝您在天上的保佑，讓我在學校學得很好，我會努力達成您的期望，也希望爸爸能夠開心歡喜。」

腦筋動一動

1. 小動的爸爸能收到小動寫的信嗎？為什麼？
2. 你認為，小動是以什麼樣的心情寫信給爸爸？為什麼？
3. 小動做了什麼樣的決定來回報爸爸？你覺得爸爸會因此而感到開心嗎？為什麼？

主題二：〈出則弟〉——友愛敬長

一、暖呼呼的濃湯

兄道友，弟道恭，兄弟睦，孝在中。

聽老師這樣說

哥哥姊姊要友愛弟妹，做弟弟妹妹的也要恭敬兄姊，兄弟姊妹互相友愛，和睦相處，讓父母高興，這就是孝順了。

生活現形記

今天中午，爸爸提議帶爺爺奶奶去外面吃飯，我和弟弟高興極了。到了餐廳，親切的服務生送上菜單，大家都點了自己喜歡吃的，心中期待著好吃的餐點趕快上桌。

這是我們一起完成的水上城堡。
兄弟姊妹有時吵吵鬧鬧，更多的時間是一起美好的度過。

當服務的叔叔送來我點的濃湯時，弟弟看了也想喝，於是跟媽媽吵著要我的那一份，媽媽說：「你剛剛又沒點這一道菜，現在看到哥哥的餐點先送來，你就想要，這樣不行！待會你也會吃到自己點的餐了！」

但是弟弟還是吵著要喝，我看到弟弟的表情，決定把那份濃湯讓給弟弟。因為弟弟這樣跟媽媽吵下去，媽媽一定會不開心，爺爺奶奶也無法輕鬆，會壞了爸爸孝順爺爺奶奶的美意，最後媽媽一定會再點一碗給弟弟，這又讓爸媽更花錢。

我希望一家人快快樂樂出來吃飯，不要因為這件事情弄得不愉快，我能體諒弟弟年紀小不懂事。當我把濃湯送給了弟弟，弟弟笑了並且對我說：「謝謝哥哥！」爺爺奶奶和爸爸媽媽也開心的笑了，看到大家這麼快樂，我更是開心！

腦筋動一動

1. 如果哥哥堅持不把濃湯讓給弟弟，可能會有什麼結果？
2. 哥哥孝順父母嗎？他是怎麼思考「弟弟想喝濃湯」這件事？
3. 弟弟會從哥哥身上學習到哪些行為？
4. 你能像哥哥一樣想辦法克服自己的喜好，做令父母開心的事情嗎？為什麼？

二、分工合作好夥伴

財物輕，怨何生，言語忍，忿自泯。

聽老師這樣說

兄弟姊妹不計較財物，言語間也能夠和氣忍讓，怨恨的事就不會發生了。

生活現形記

一放學，就聞到廚房裡飄來熟悉的飯菜香。

我開心的說：「是我最愛吃的三杯菇！謝謝媽媽，吃飽飯我來洗碗。」

飯後，我跟油膩膩的鍋碗瓢盆大戰三百回合，終於可以坐下來吃水果了，此時，

媽媽說：「謝謝玲玲，我們家玲玲最會搥背按摩了，可以幫媽媽搥搥背嗎？」

看著媽媽疲憊的神情，我好想幫忙，可是我才剛洗完碗也想休息一下，就說：「姊姊，你可以先幫忙一下嗎？待會我就來。」但是，一邊吃著水果，一邊背英文單字的姊姊卻說：「今天的功課很多耶……」

平常姊姊很大方，有好吃、好玩的都會分給我，我也常幫姊姊做事，我們感情一直很好，沒想到她今天竟然不肯幫我。越想越生氣，原本想罵姊姊：「我已經洗好碗了，看媽

媽媽：「不要顧著自己玩，要和弟弟輪流玩啊！」
小男孩：「趁著放暑假，輕鬆一下！」

媽這麼累，你都不用幫忙嗎？」想一想，還是忍住了，只說：「請你先幫忙一下，我待會兒就來了！」

媽媽看到我們這樣，就連忙說：「玲玲休息吧！不用搥背了……」姊姊聽到媽媽這麼說，馬上放下水果叉，難為情的說：「剛剛妹妹已經洗碗了，換我來幫媽媽搥背，水果盒也讓我來洗。玲玲明天不是要考直笛嗎？姊姊可以教你喔！」

聽到姊姊這麼說，我的氣馬上消了，接著回答姊姊：「太好了！有你這位高手出馬，我明天一定順利過關。」我們三人都開心的笑了！

腦筋動一動

1. 你覺得玲玲是個什麼樣的孩子？
2. 從故事中的哪些地方可以支持你的想法？
3. 你有過類似的經驗嗎？換作是你，你會怎麼做呢？

三、老師的午餐

或飲食，或坐走，長者先，幼者後。

聽老師這樣說

無論是飲食、入座或走路，都應該禮讓長者，長者優先，幼者在後。

生活現形記

每天的營養午餐時間是我最期待的時刻了，熱騰騰的食物香味四溢，往往吸引同學們的注意！大家總是爭先恐後，真怕吃不到……

平日，老師都會辛苦的站在餐車旁，希望同學營養均衡、多吃蔬菜，而親手為每位同學夾菜，也因如此，班長會先幫忙盛好老師的午餐。有一次，班長生病請假，同學都爭先恐後排隊，完全沒注意到老師站在那裡，也忘了要幫老師先盛飯菜，我很不好意思，覺得同學們的行為很沒有禮貌。

我忍不住小聲的告訴班上的大聲公鄭博允，沒想到他竟然拉開嗓子大聲喊著：「各位同學請讓開，讓葉小宏先幫老師盛好飯菜，大家再繼續！」我頓時漲紅了臉，趕快拿了老師的餐具，同學們馬上空出一條路，讓我順利幫老師盛好飯菜，大家更異口同聲的說：「老師，對不起！」老師臉上露出了笑容稱讚我們：「謝謝你們，大家長大了喔！」

腦筋動一動

1. 為什麼平日吃飯、入座或行走時，都要請長輩先行呢？
2. 做到「或飲食，或坐走，長者先，幼者後。」對自己有什麼幫助呢？沒做到有什麼壞處呢？

四、破除害羞魔咒

長呼人，即代叫，人不在，己即到。

聽老師這樣說

聽到長輩在叫人時，要幫忙傳達，那個人不在，就自己上前應答。

生活現形記

「小剛，出來一下，你伯父來了。」

星期天，伯父到家裡來拜訪，剛好爸爸媽媽不在家，奶奶就叫哥哥出來招待伯父，可是哥哥在房間裡專心讀書沒有聽見。

看到這種情形，我馬上從房間跑出來向奶奶回應：「奶奶！哥哥在房間看書，我去叫他。」

並大聲說：「伯父好！」

奶奶抱著我說：「阿媗越來越有禮貌，而且還會幫奶奶叫人呢！」

其實，以前我看到人都會害羞的躲起來，後來經過爸媽和老師不斷的鼓勵與教導，我就一次一次的練習，想到爸媽和老師對我的用心，我覺得應該努力突破自己不夠好的地方。現在我已經學會：看到人要打招呼，長輩叫人，我也會馬上到。

今天奶奶叫哥哥時，我不但幫奶奶找哥哥，還和哥哥一起分享在學校的學習給伯父知道，看到伯父一直點頭微笑，奶奶更是笑得嘴都合不攏啊！

腦筋動一動

1. 阿媗令奶奶開心不已的進步是什麼？
2. 如果阿媗聽到奶奶的呼喚聲，卻沒有及時出來幫忙，可能會發生什麼事情？
3. 阿媗為什麼能夠突破自己害羞的個性，令長輩都歡喜？

五、救救我的大頭症

稱尊長，勿呼名，對尊長，勿見能。

聽老師這樣說

稱呼長輩時，不可以直接叫名字。在長輩的面前要謙恭有禮，不要刻意表現自己。

生活現形記

「老師你看，這是我畫的室內設計圖。」

「哇！阿德好厲害喔！才三年級就會畫透視圖了。」

「老師，我還會好幾種扯鈴招式，我表演給你看。」

「阿德很幸福喔！小小年紀可以學到這麼多才藝，要感謝爸媽和教你的老師。」

「老師你會畫室內設計圖嗎？你會不會扯鈴？我上星期還去爸爸的公司跟外國人用英文對話，那個人說我講得很好。媽媽說我可以邀請老師來參加我的音樂發表會……」我話還沒說完，站在旁邊的小儒竟然模仿我的聲音和動作，引起其他同學哈哈大笑，讓我很生氣。

更可惡的是吳文同也跟著誇張表演，並說：「阿德，你會五年級數學嗎？你會教書嗎？」小儒誇張的張大嘴巴，還把雙手舉高，然後模仿我的聲音說：「喔！天啊！我不會耶！」旁邊的同學都笑成一團，我氣得握緊拳頭，準備揮拳。

這時，老師說：「你們別再胡鬧了，阿德是想跟老師分享他學習的快樂……」老師還沒說完話，小儒就插嘴：「誰叫他跟老師講話時，一點都不謙虛，根本就是在炫耀，好像他有多強一樣，讓人聽了很討厭，會這麼多有什麼用？一點禮貌都沒有……」老師一直看著小儒，他才沒繼續講下去。

老師要我們利用午休時間好好的想一想，在這件事中，自己的言語或行為有沒有不對的地方？並針對自己剛剛有犯錯的地方，向別人道歉。

我本來很氣小儒和吳文同，覺得他們很可惡，但是聽了老師的引導之後，我也應該反省自己的講話態度，畢竟不懂謙虛的人總是會惹人厭的，更何況是在長輩面前。

腦筋動一動

1. 為什麼在長輩面前要謙虛有禮，不可以炫耀自己的才能？
2. 我懂得謙虛有禮嗎？

六、打招呼的神奇魔力

路遇長，疾趨揖，長無言，退恭立。

聽老師這樣說

路上遇到長輩，要趕緊向前問好，長輩沒有事情要交代，就恭敬的退到一旁。

生活現形記

「涵涵，你那天經過圖書館前，是不是有看見張老師？」

「是啊，老師怎麼知道？」

「張老師跟我說你沒跟她打招呼，她好失望。因為之前她教我們班時，很喜歡你，說你跟她很好，怎麼才沒教，你就不理她了……」

打招呼，問聲好，
大家好心情。

我臉漲紅的回答說：「老師，我還是很喜歡張老師，只是一段時間沒見面了，有點不好意思，我也擔心張老師其實不認得我了，這樣打招呼會不會有點尷尬？」

「怎麼會呢？就算是沒教過你的老師，你在路上跟他打招呼，他也會覺得很開心，更何況是教過你的老師。」

老師後來建議我們一起來作實驗，老師說：「這星期，只要在路上遇見老師或認識的長輩，就主動上前打招呼，並觀察他們的表情變化。即使他們沒有回應，也不要放棄跟下一個長者打招呼喔。」

一星期過後，我們針對這個實驗進行討論，每個同學都熱烈參與且紛紛搶著分享自己的經驗，我也不例外。

這星期我又去圖書館還書，很遠就看到張老師迎面走來，我鼓起勇氣上前跟她說：「老師好！」沒想到她很開心的跟我說：「涵涵，我還以為你不記得我了……」她一口氣說了好多話，說著說著眼眶都紅了，我從來沒想過我的一聲招呼可以讓老師那麼感動、那麼開心，我大概可以感受到她上星期的失望心情了。

班上的小周也有分享，他在路上跟一個曾去過他家的長輩打招呼，結果對方沒理他，讓他有些生氣。之後過了兩天，那位長輩又到小周家，一看到他時，就很驚訝的告訴小周的爸媽：「原來這是你兒子啊！前兩天在路上有遇到⋯⋯」一直誇他很有禮貌，讓他很不好意思。老師始終笑著聽我們的分享，並帶著全班同學為分享者鼓掌，我們就在一片歡笑聲中結束了這堂討論課。

腦筋動一動

1. 涵涵為什麼讓張老師失望？又如何令張老師開心且感動？
2. 你想不想也來進行這個實驗呢？為什麼？

七、目送爸爸去上班

騎下馬，乘下車，過猶待，百步餘。

聽老師這樣說

騎車或走路時，在路上遇見長輩要先下車問好，等到長者離去，才可以離開。

生活現形記

星期一，老師引導全班討論：「當我們跟長輩互動完，長輩要離開時，應該先目送長輩離開，自己再離開，這樣比較有禮貌……」當我還在想到底該怎麼做才對時，同學馬上舉手發問：「跟長輩講完電話，要等長輩先掛電話，自己才掛，是不是也算？」老師立刻稱讚他會舉一反三，我也覺得同學好棒喔！但是，我的生活中，有沒有可以做到的地方呢？

啊！對了！爸爸每天早上送我上學，都會等我走進校門才離開，原來應該是我要等爸爸先離開，我才進校門。那麼，明天就開始來試試看！

「謝謝爸爸送我上學，爸爸先去上班，再見！」

「沒關係，爸爸等姿姿走進學校再去上班。」

「請放心，這裡是校門口，我會小心，導護老師也在旁邊，很安全的。爸爸先去上班，才不會太趕。」

「好吧！那爸爸先走了。你要小心喔！」

「好，您也是！」

我揮手跟爸爸說再見，看著爸爸過了前面的紅綠燈，我這才轉身走進校門。

之後的每一天，我都這麼做，越做越開心，爸爸也說我很貼心。每天的學習，都從目送爸爸去上班開始。

腦筋動一動

1. 為什麼爸爸會說姿姿很貼心呢？
2. 為什麼「先目送長輩離開，自己再離開」是比較有禮貌的行為呢？
3. 如果你也是由家人陪伴上學，或是跟長輩講電話，你會如何讓家人覺得貼心呢？

八、安靜的力量

長者立，幼勿坐，長者坐，命乃坐。

聽老師這樣說

長輩站立時，晚輩不可以自行就坐；長輩坐定後，叫晚輩坐才可以坐下。

生活現形記

從我有記憶以來，只要是參加親朋好友的聚會，媽媽一定會牽著我和哥哥的手先站在旁邊等著，等到全部的長輩都坐好了，他們呼喚媽媽趕快帶我們入座，我們才會坐下。這對哥哥和我而言，已經是習以為常的事了。

今年暑假，爸媽安排了一次家族的三日遊，共有四個家庭。一如往常，只要長輩在場，我和哥哥就習慣站在旁邊等他們先坐好，再看著媽咪示意就坐。大家在聊天時，哥哥和我也會觀察長輩們的需要，適時主動幫忙。

結束了三天假期，我和哥哥跟著媽媽到櫃檯向民宿主人說聲謝謝。

「哎呀！原來這兩位彬彬有禮的小帥哥是您的孩子啊！我注意到他們倆和一般孩子很不同，會靜靜的在一旁等著長輩就坐，還會幫長輩倒茶，真是不簡單，您把孩子教得真好！」老闆這樣對媽媽說。

「沒有啦！是您太誇獎了。」

「歡迎下次再來玩，讓我有機會可以免費招待這兩位小帥哥喔！」

聽到這樣的稱讚，我跟哥哥覺得好驚訝，這全是媽媽平日的教導，原來，養成習慣做對的事，收穫這麼大呀！

腦筋動一動

1. 故事中的主角和哥哥有哪些恭敬長輩的行為呢？他們是如何做到的？
2. 我有哪些恭敬長輩的行為？我如何讓自己也像故事中的主角一樣受人喜愛呢？

九、小小調音師

尊長前，聲要低，低不聞，卻非宜。

聽老師這樣說

在長輩面前，說話不要太大聲，但也不要太小聲，讓人聽不清楚。

生活現形記

又到了週末假期我們全家出遊聚餐的日子，大家邊吃邊

長輩的話就像清水，澆洗你的迷失，釐清你的困惑。

聊，非常開心。隨著熱鬧的氣氛，我的講話聲也就越來越大，忘了身旁還有其他人，媽媽便拍拍我的背說：「小聲一點！對長輩講話不要這麼大聲，也不要吵到別桌！」我才趕快壓低音量。接著我和奶奶在講話時，忘了奶奶聽力不好，家人又急忙提醒我：「大聲一點！」

學校老師曾教我們，在長輩面前說話聲音要適中，這是一種禮貌。剛聽到時，心想：我怎麼會知道當時跟長輩說話的音量是大還是小呢？後來跟長輩相處時，透過媽媽幾次的提醒，慢慢的，我就比較能了解什麼叫做音量適中了。

現在，只要是在家族聚會的場合中，不用媽媽提醒，我就會去觀察長輩們的反應，調整自己的音量，長輩們都說我「很有禮貌」呢！

腦筋動一動

1. 為什麼在長輩面前說話聲音要適中，不可以太大聲或太小聲？
2. 我自己是否有過類似的經驗呢？如何做才恰當？

十、打擊害羞

進必趨，退必遲，問起對，視勿移。

聽老師這樣說

去見長輩時，要快步向前，緩步離開。長輩問話時，要站起來回答，注視著長輩，不要東張西望。

生活現形記

某日，在親友的婚禮上，一位親戚看到我們全家，便走過來跟我們打招呼，卻因為我跟不太認識的人說話時都會有點害羞，便總是低頭看著地上，小聲的回答說：「您好！」後來媽媽介紹其他親友讓我認識時會說：「這是阿姨、這要叫堂哥……」雖然都有打招呼，但同樣也是眼神飄忽不定或低著頭。媽媽生氣的說：「跟別人說話要看著對方！」我才趕緊把頭抬起來。由於這種情形常常發生，容易讓人誤以為我是個沒有禮貌的孩子，我覺得很委屈。

有一次在學校，當音樂老師下課走出教室時，我快步追上她，向她請教我的問題，正談得高興時，迎面走來一位新老師跟音樂老師打招呼，我又開始害羞，不敢正視那位新老師，這時腦海浮現媽媽的聲音：「跟別人說話要看著對方，才不會沒禮貌……」於是我鼓足勇氣看著那位新老師，對她說：「老師好！」老師跟著回答：「嗨，你好，真有禮貌啊！」目送老師們慢慢離去時，我的整個心都飛了起來，耳邊一直響著：「真有禮貌，真有禮貌……」原來看著對方說話也不是一件很困難的事嘛！

腦筋動一動

1. 你曾有過像這位小朋友一樣的經驗嗎？你的感受又是如何？
2. 為什麼當長輩問話時，眼睛要看著對方並且專注聆聽？
3. 你如何克服了「害羞不敢看著人說話」的恐懼心理？

十一、大包小包的心意

事諸父，如事父，事諸兄，如事兄。

聽老師這樣說

對待叔叔、阿姨等長輩，要像對待自己的父母一樣；對待堂哥、表姊等，要像對待自己的兄姊一樣。

生活現形記

過幾天就是農曆春節了，大街小巷擠滿了趕著辦年貨的人，我跟著爸爸在人潮裡提著大包小包採買東西。

「小宇，你先幫爸爸拿著這個，我看那核桃糕不錯，你二叔公很喜歡吃，我去買兩盒。」

「好，我站在這裡等，爸爸你去買，東西都放著，我會顧好。」

好不容易走出了人群，我和爸爸終於坐上了車。

「爸，不是說要買東西給爺爺奶奶嗎？怎麼又加上二叔公的？」

「其實，大伯公和二叔公的禮物我都買了，他們都是我的長輩啊！」

放假了，看看長輩，
大聲問好！

聽爸爸這麼說，我才想到，去年過年回爺爺奶奶家，大伯公也在，當他收到爸爸準備的紅包，很開心，原來爸爸說的孝順，範圍真的很廣。

「那你對堂哥、堂妹，可以怎麼做呢？」

「我也要像爸爸一樣對他們好！」

「哇！小宇好棒！」

「我懂了，原來我不是獨生子，我還有這麼多兄弟姊妹啊！」

「是啊！」我和爸爸都笑了。

腦筋動一動

1. 你覺得對待叔叔、阿姨等長輩，也要像對待自己的父母一樣嗎？為什麼？
2. 對待堂哥、表姊等，也要像對待自己的兄姊一樣嗎？為什麼？
3. 你覺得小宇是個什麼樣的孩子？你是否跟他一樣？

主題三：〈謹〉——生活習慣

一、抵抗「黑洞」的誘惑

朝起早，夜眠遲，老易至，惜此時。

聽老師這樣說

早上要早起，晚上晚點睡，因為轉眼少年就變成老人，應該珍惜當前好時光。

（附註：古時候沒有電燈，太陽下山就準備睡覺休息了。這句話的意思是要我們好好把握晚上的時光，認真學習。今日則應注意不宜熬夜。）

生活現形記

自從爸媽送給我手機，方便我上下課或有事時跟他們聯絡後，每天晚上，安親班結束回家後，書包一丟，我就開始拿起手機坐在沙發上玩起了遊戲，也上網看動漫，很快的，半小時、一小時就過去了。媽媽提醒我別玩了快去睡覺，我總是回答：

「上了一天課，好累！讓我放鬆一下。」常常都到十一點了，媽媽便下令立刻上床睡覺，我才不甘願的關上手機，準備睡覺。但很多時候，由於動漫太精采了，所以我等爸媽睡著後，又爬起來繼續一集一集的看下去，完全忘了時間……。

一段時間下來，我發現自己總是睡不飽，每天早上媽媽叫我都叫不起來，當媽媽又再次大喊時，我就隨便回應，繼續呼呼大睡。有一次，輪到我擔任交通糾察隊而需要早起，但因為太晚睡，早上爬也爬不起來，好不容易起床，卻發現快遲到了，只好趕快衝到學校，路上等紅燈時，心裡就很緊張；到學校執行工作時，一直忍不住打哈欠。再加上身體很累，上課始終無法專心，有時還不知不覺趴下睡著了，因而被老師責罵。好幾次我想改，但是都改不了。

後來，老師的話提醒了我。手機一旦運用不當，就會變成它的奴隸，拿得起來，

早知道就不要花太多時間玩樂，慘了……

卻放不下手，時間就這樣浪費，成績也會逐漸退步，難怪有人說手機是個「黑洞」，一旦被吸進去，就很難再出來！我越來越能體會老師的話，但是仍抗拒不了它的誘惑，好痛苦啊！

期中考結束，我的成績退步很多，老師聯絡媽媽和我一起探討原因並想辦法改善。為了以後學習不要更辛苦，還要花更多時間補救課業，所以我願意將每天玩手機的時間縮短，只要時間一到，就將手機交給媽媽保管，有時我甚至不玩了，一回到家就交給媽媽。我也在桌墊下和牆壁的記事欄中，寫了提醒自己不要晚睡的叮嚀，時時刻刻警惕自己。漸漸的，我又恢復能夠早睡早起，專心上課的情形也越來越好，看到自己持續在進步，好有成就感！

腦筋動一動

1. 為什麼晚上不要熬夜太晚睡呢？
2. 為什麼要珍惜時間？這麼做的優點是什麼？
3. 我有做到「早睡早起，珍惜時間學習」嗎？為什麼？

二、你可以再靠近一點！

晨必盥，兼漱口，便溺回，輒淨手。

聽老師這樣說

早起必須洗臉、刷牙及漱口，上完廁所要洗手。

生活現形記

「佳佳，起床啦！記得刷牙、洗臉、漱口喔！」媽媽在門外大叫。

怎麼這麼麻煩，睡前不是刷過牙、洗過臉了，為什麼睡醒還要再做一次？真不想動，再躺一下好了。

「佳佳，你好了沒？快點下來吃早餐，上學要遲到了！」

「好啦！馬上下來！」看來沒時間刷牙、洗臉了，再拖下去，鐵定被罵，反正媽媽也不知道……。

「媽媽！我吃飽了，我去上學了，再見！」我怕媽媽發現只好趕緊出門。

「嘿！佳佳等我。」

「小羽呀！」

「佳佳，你是不是沒洗臉呀？你的眼屎還在臉上，好噁心喔！」

「呵……太趕了，怕來不及嘛！」我好難為情，真想快點離開小羽的視線。

「你讓我想到昨天李文興上完廁所沒洗手就走出來，被一群男生笑他好髒、真噁；還有那個陳宇晟常常不洗臉，所以經常有鼻屎、眼屎在臉上，還有……。」

「小羽，我要幫老師到辦公室拿班上的資料，我先走了，再見！」我三步併兩步快快跑走，心裡想著，真倒楣，為什麼會遇到小羽，但是又覺得不好意思怪她。

因為不管在家裡還是在學校，媽媽和老師都告訴我，每天早晨起床要刷牙洗臉，讓自己精神清爽後，再開始一天的學習，我確實沒有養成這個好習慣。有了這次丟臉的經驗後，我決定養成早上起床一定要刷牙洗臉，包括上完廁所要記得洗手的習慣，避免下次被其他人發現後，大力宣傳，毀了我的名聲呀！

腦筋動一動

1. 早上起床，你有刷牙洗臉嗎？為什麼需要養成這個習慣？
2. 你有做到「便溺回，輒淨手」嗎？

三、服裝儀容闖關比賽

冠必正，紐必結，襪與履，俱緊切。

聽老師這樣說

帽子要戴正，紐扣要扣好，襪子鞋子要穿好，鞋帶要綁緊。

生活現形記

我在上幼稚園的時候，就很羨慕隔壁的姊姊穿著整齊的制服去上學，看起來好有精神！

終於，我也上小學了，每天都好期待上學，因為我也可以穿制服，而且老師每天都教我們很多事，包括整理抽屜、櫃子、書本用具、摺衣服外套、綁鞋帶等……，還有讓我印象深刻的是服裝儀容的闖關遊戲，在一分鐘之內把一件衣服扣上釦子又再解開以及把鞋帶綁好。在時間內完成這些動作的人，就可以得到「表現優異」的獎狀。每天出門前，很認真練習自己穿衣服綁鞋帶，爸媽也誇獎我很棒，當然闖關比賽也得獎啦！

今年輪到雙胞胎妹妹們升小一了，她們當然也不例外要參加「服裝儀容」闖關比賽，於是我利用每天早上出門前的時間示範給她們看，現在她們也學會了好本領，還在班上被老師指定為小老師，協助同學們正確的練習。

以前學會整理服裝儀容，不僅自己看起來很漂亮，心情開心，也讓別人看了舒服，更幫了許多人。一個小小的動作，卻可以有這麼大的影響力，真是一件有意義的事！

腦筋動一動

1. 平常會注意自己的服裝儀容嗎？

2. 你認為，穿戴整齊重要嗎？為什麼？

3. 你會綁鞋帶嗎？鞋帶脫落會有什麼危險？

四、長了腳的紅裙子

置冠服，有定位，勿亂頓，致汙穢。

聽老師這樣說

衣帽要放在固定的地方，不要亂放造成髒亂。

生活現形記

「鈴……」一早鬧鐘響起，我趕緊起床，準備換衣服參加活動！

「咦！我的裙子呢？上次收去哪裡了？」腦中不斷的想著衣服可能出現的位置，眼睛也拚命搜尋著，還不時瞄一下時鐘，眼看就要遲到了！

「媽！我的紅裙子呢？」沒辦法只好大聲跟媽媽求救。

「你看！不就在這裡嗎？」只見媽媽從衣櫥的角落中翻出那條裙子。

「平時就提醒你要把衣服放好，才不會找不到，又浪費時間！要提醒你幾次呀？」媽媽說得我啞口無言，但心裡還是有點不服氣。

後來，我乾脆把衣服直接放在床邊，心想：「這樣也算是有歸位吧，而且隨時要穿就有，既節省時間又不會找不到！」我有點沾沾自喜的想。

過了幾天，奶奶的生日到了，全家要外出聚餐，媽媽特別交代：「把奶奶送的碎花小洋裝找出來，穿給奶奶看，好讓奶奶開心。」

「嗯！沒問題！不用找，就放在床頭，一抽出來就可穿上！」我得意的回答，沒想到心愛的衣服被我壓得皺皺的，看起來還有點髒兮兮，這怎麼穿出去啊！

唉……真後悔沒聽媽媽的話，以後不敢再偷懶了。

腦筋動一動

1. 為什麼故事中的主角，她的衣服不是找不到就是變皺變髒？你有類似的經驗嗎？有什麼感覺？
2. 若有做到「置冠服，有定位，勿亂頓，致汙穢。」對自己有哪些幫助？

五、怎麼穿都好看！

衣貴潔，不貴華，上循分，下稱家。

聽老師這樣說

穿衣服注重的是整齊清潔，不一定要昂貴名牌，要考慮身分、場合、家庭狀況來穿著。

生活現形記

「媽！衣服變小了！可以幫我買新的嗎？」

「好吧，小臻，待會上街買。不過媽媽的預算有限，不能買太貴的喔。」

一進店裡，各式各樣的衣服琳瑯滿目，都好漂亮喔！

「小臻，這件衣服款式很不錯，很適合你上課時穿，又是純棉的，很透氣，你試穿看看吧！」

「可是，它看起來不漂亮而且顏色也不好看，我不想要。那邊有件粉紅色，還有金色亮片，好像公主裝，我想要那一件。」

「嗯，的確很好看，可是不太適合你呀。」

「又沒試穿過，媽咪怎麼可以這樣說！」我有點難過。

「穿衣服要看場合，也是一種禮貌，那件是小禮服，適合正式宴會，平常我們很少有機會穿，家裡有一套就夠了。」

「媽，我真的很喜歡那件，可以

多買一件嗎？穿起來會更漂亮喔！」我跟媽媽撒嬌。

媽媽摟摟我的肩膀，笑著對我說：「衣服只要乾乾淨淨，得體大方，我的女兒怎麼穿都好看。」

我本來還想要繼續吵媽媽，但是偷瞄了一眼吊牌，也被上面的價格嚇了一跳。「好吧！媽媽都這麼說了，我也就不堅持。」

回到家，媽媽在爸爸面前直誇我懂事，真有些高興呢！

腦筋動一動

1. 小臻最後選擇了什麼樣的衣服？為什麼？
2. 如果小臻沒有聽從媽媽的建議，可能會發生什麼事情？
3. 你通常都是怎麼選購衣物？如何做出對自己、對他人，甚至對環境都好的選擇？

六、撐了一艘船的大肚子

對飲食，勿揀擇，食適可，勿過則。

聽老師這樣說

日常飲食要營養均衡、不挑食，吃得適量，不暴飲暴食。

生活現形記

「哇塞！今天晚餐有我最喜歡的鐵板豆腐、彩椒大拼盤和紅燒素鰻，實在太開心了！」

「好好吃喔！我還要再吃一碗。」忍不住又想再吃一碗。

「宸，你已經吃第三碗了，吃慢一點，要細嚼慢嚥……。」

「誰叫媽媽煮得那麼好吃呀！反正煮這麼多，不吃完也很可惜。」

「那你是不是也該多夾些青菜吃，不要只挑自己喜歡吃的猛吃。」

「喔，好啦！」

「天啊！宸，你又裝一碗，會不會吃太多啦，吃太撐可是會不舒服的。」

「還好啦！只吃四碗而已，我是宰相肚裡能撐船的……」過了半小時之後，「媽媽，我覺得肚子脹脹的，肚臍上面有點不舒服，感覺有東西頂在那裡，很難受。」

「我們去給醫生看一下好了。」媽媽很擔心，就帶我去附近的診所。

「嗯，這是吃太快又吃太撐造成腸胃消化不良的症狀，開些促進消化的腸胃藥吃就好了，沒什麼大礙，別緊張！」

「小朋友，吃東西要細嚼慢嚥，別吃太快也別吃太撐，以免增加腸胃的負擔，可是會受苦喔！」

聽著醫生說的話，我漲紅了臉，離開診所時，媽媽又說：「不聽媽媽言，吃虧在眼前。」真是得不償失呀！

腦筋動一動

1. 宸為什麼需要去看醫生？他有聽媽媽的勸告嗎？結果如何？
2. 你有類似的經驗嗎？你會如何改善以避免同樣的情況再次發生？

七、逃離酒的魔爪

年方少，勿飲酒，飲酒醉，最爲醜。

聽老師這樣說

未成年，不可以喝酒，喝醉酒容易惹是生非，醜態百出。

生活現形記

正睡得香甜的我，突然被外面乒乒乓乓的聲音嚇醒了，走出房間發現小舅在客廳大吐特吐。

「好難過啊！」

「小心喔！快點把垃圾桶拿過來！」

小舅剛考上大學，和他的死黨去KTV慶祝，喝了很多酒，醉到完全沒辦法自己回家，其他人只好用他的手機打電話回家，外婆知道了聯絡爸爸，讓他去把小舅扛回我們家。

小舅吐得到處都是，連襯衫都沾到了，褲子上也有泥巴，看起來很狼狽又很不舒服！爸爸用毛巾想要擦他的臉，可惜他的頭幾乎快埋入垃圾桶裡面，媽媽很努力想把地上擦乾淨，這個混亂的景象真把我嚇到了！

第二天，外婆跟外公就過來把小舅臭罵一頓，我看到喊著頭痛的小舅，臉色蒼白好像生病一樣，還要被罵，讓我很同情，但是，也不懂為什麼小舅要喝這麼多，讓自己看起來這麼慘？所以在晚餐的時候就問爸爸：「酒好喝嗎？」

爸爸笑笑的跟我說：「很多人在慶祝的場合喜歡喝點小酒，但沒有節制，不知不覺就喝太多，有的人還會酒醉鬧事，做一些讓自己後悔的事！」我想起小舅喝醉酒的模樣，爸爸繼續說：「你小舅年紀輕輕，不知道嚴重性，喝成這樣還好只是身體不舒服，沒釀成大禍，新聞裡有很多年輕人喝醉了還照常騎機車，結果出車禍把自己的命都丟了，有些人還撞傷他人，真的是很糟糕。」

我聽完後告訴自己，酒真是可怕的東西，千萬不要碰它！

腦筋動一動

1. 你有看過別人喝醉的樣子嗎？你覺得如何？
2. 喝醉酒會造成哪些影響或傷害？
3. 你會勸別人不要喝醉酒嗎？為什麼？

八、我的新偶像

步從容，立端正，揖深圓，拜恭敬。

聽老師這樣說

走路時穩重不匆忙，站立時抬頭挺胸。跟人打招呼，態度要恭敬。

生活現形記

每天放學前，老師都會讓大家分享今天看到哪些同學或老師的優點，感謝別人對自己的好和付出。

我覺得平常如果不仔細觀察，不容易看見別人的優點。皓皓本來就是我很欣賞的同學之一，這次，被大家推選為「班級模範生」，徹底成為我的「新偶像」！於

分工合作，互相幫忙，
每人都是班級模範生。

是我決定打開「發現美」的眼睛，用心觀察皓皓能當上模範生的原因。

數學課下課前，老師要大家先訂正數學習作。我一訂正完，三步併兩步的衝向等著給老師批改作業的隊伍，沒想到大樹此時突然用滑壘的姿勢擠了過來，害我撞到旁邊的桌子。

「啊！」我慘叫一聲。排在前面的皓皓擔心的說：「你還好吧？」馬上和旁邊的同學一起扶我起來，老師也來到我身邊關心的問：「還好嗎？有沒有受傷？」我趕緊搖搖頭，很難為情的回到隊伍裡！老師也提醒同學們不要再如此匆忙行走，以避免衝撞受傷。

正當我心裡很感謝皓皓關心我的時候，皓皓已經完成功課，他把數學習作闔上，用左手夾在腰際邊，退後一步，以幾乎九十度的姿勢低頭彎腰，並輕聲的說：「謝謝老師！」我目瞪口呆的看著這一幕，似乎能明白為什麼老師的笑容會如此燦爛的原因了！

接下來，我發現他沒有出教室玩耍，而是主動幫助數學有困難的同學完成訂正。

後來老師請他送英文作業到樓上辦公室，他也都是靠著走廊邊慢慢走，還會讓後面急的人先走，不像我常常用跑的。

早上升旗時，皓皓總是抬頭挺胸的站著，不像我老是撐不住，像站「三七步」般歪一邊。

我終於知道為什麼他能當上模範生了，也暗自決定要向我的新偶像「皓皓」學習！

腦筋動一動

1. 做到「步從容，立端正。」對自己的幫助是什麼？如果沒有做到，又會產生什麼影響？
2. 故事中的主角用「發現美」的眼睛，看到皓皓有哪些好行為？
3. 為什麼老師笑得這麼開心？你曾經讓老師笑容燦爛嗎？
4. 你覺得做哪些事或行為會讓老師感到欣慰？

九、兩腳椅

勿踐閾，勿跛倚，勿箕踞，勿搖髀。

聽老師這樣說

進門時不要踩在門檻上，站立時身體不要歪著站或斜靠在牆上，坐的時候雙腳不要向外張開、腿不要抖動。

生活現形記

我和我的難兄難弟陳小弘有個共同的毛病，就是喜歡躺在沙發上看電視，爸媽雖然會念我們坐姿不雅，但是他們太忙了，沒辦法一直盯著我們，這個壞習慣在學校也常被老師說，但是，我們就是改不過來。

我們常常在上課中會忍不住身體傾斜躺靠在椅子上，兩腳張開向前伸或是抖腿。如果老師提醒了，就趕快坐直，但沒多久就換成重心移到椅子後面的兩支椅腳上，坐成「兩腳椅」有時候還會忍不住前後擺動，像坐搖椅一樣，真是舒服啊！老師還是不斷叮嚀：「這樣坐會重心不穩，容易跌倒，而且椅子很容易損壞，脊椎會歪……」但是我們仍是改不掉壞習慣。

有一次，在安親班裡，

端正坐姿，有禮貌，老師好開心。

陳小弘又坐成兩腳椅，前後搖來搖去，影響到他後面的同學，後面的同學只好把桌子往後退，沒想到陳小弘覺得空間變大了，好像更好玩，就搖得更厲害，後面那位同學乾脆把桌子移開。「碰！」的一聲，陳小弘整個人摔得四腳朝天，頭撞到地上。我本來正準備學他，看他摔倒，還放聲大哭，嚇得我馬上坐正。

陳小弘後腦勺的大包過了好久都沒有消除，從此我的不良坐姿就完全改過來了。

腦筋動一動

1. 故事中的主角為什麼會和陳小弘成為好朋友？他為什麼會願意改正自己的不良坐姿？
2. 不正確的坐姿會有哪些壞處？我的坐姿又是如何呢？

十、請你跟我這樣做

緩揭簾，勿有聲，寬轉彎，勿觸棱。

聽老師這樣說

進入房間時，打開門簾或開關門的動作要輕緩，避免發出聲音。轉彎時離牆角遠一點，視線就不會被遮住，也可以防範轉角處突然有人衝出。

生活現形記

我們班有午休的習慣，很多人常睡到下課鐘聲響還趴在桌上睡，我和幾個睡不著的同學翻來覆去就快要悶死了，所以只要下課鐘聲一響，就會迫不及待衝出教室去玩，匆忙之中，往往開關門會發出很大的聲響，吵到其他同學，甚至，已經被老師提醒很多次了。

有一次，午休結束，我又急忙衝了出去，一沒注意就撞到桌角，真的好痛，但是，一抬頭看到小龍和小儒已經出去了，就忍著痛繼續往前衝，結果用力過猛，門「碰！」的一聲，吵醒所有還在午休的同學和老師。

老師很生氣的把我叫回來說：「已經提醒你很多次了，開關門動作要輕柔，是做不到，還是不想做？」

「是做不到。」

「是真的做不到嗎？」

「是的。」

「那跟著老師做一遍，自己練習一遍，可以做得到嗎？」

「可以。」於是，我跟著老師輕緩的開門、關門，一開始覺得很彆扭。

「這樣多好啊！繼續練習十遍，感受一下動作輕緩的好處。」聽到老師溫和的聲音、看著老師溫柔的臉，我覺得自己應該做得到。

「以後若有同學太用力開關門，你就負責教他，陪他練習。」

我跟老師點頭說好，但心中暗叫：「天呀！那我的下課時間不就去掉一半了嗎？」

下午上自然課時，因為要看一段教學影片，老師請坐在窗戶旁邊的我拉上窗簾，我正想用力把窗簾向中間拉，突然想起被老師要求練習輕柔開關門的提醒，於是，小心翼翼的拉動旁邊的繩索，讓窗簾慢慢合上。

回到了家，在洗澡時發現撞到桌角的腰部瘀青了，還好痛。唉……我下次再也不要那麼粗魯和急躁了！

腦筋動一動

1. 故事中的主角在一天當中發生了哪幾件事？是倒楣？還是自己不小心？
2. 他從發生的事件中學到什麼？
3. 你做過和這位小朋友一樣的行為嗎？你的感受又是如何？為什麼？

十一、美姿美儀達人

執虛器，如執盈，入虛室，如有人。

聽老師這樣說

拿著空杯空碗時，就像裡面裝滿東西一樣必須小心謹慎，就可以避免萬一遇到容器裡裝了東西，卻因為一時的匆忙而誤以為是空的，便忽然拿起來而濺溼或燙傷身體，造成了意外。進入沒有人在的房間時，也要像有人在一樣，事先打聲招呼，以免一個不小心，沒察覺到裡面還有人，而造成大家的尷尬。

生活現形記

「哇，小心！」剛裝好湯，一轉身，碗裡的湯就灑了出來，感覺到有人拉了我一把，一回頭看，原來是班長。

「班長，對不起，有沒有被燙到？」

「沒事，我閃得快，沒燙到我。」

「啊！灑在你鞋子上了，我拿衛生紙幫你擦乾淨。」我很緊張，怕她去跟老師告狀。

「老師不是教我們拿東西時，都要很小心，你的湯裝那麼滿，更要注意呀！」真不愧是班長，老師教的都有聽進去。

「對不起，我下次會注意的。」當我正在擦著地板時，小文端了滿滿的一碗湯走了過來，接著就聽到我們兩人同時發出尖叫聲，一瞬間，小文已經把湯碗摔到地上，潑到了我的褲子上。

「怎麼了？有沒有燙到？」在一旁的老師趕緊衝了過來。

我回答：「還好，湯已經不燙了。」老師馬上指揮同學們善後，並帶我到保健室換衣服。等全部處理完，老師用心的又教了一次應該如何正確拿東西，即便是拿著空的器皿都要小心謹慎，更何況是裝滿液體的容器，老師也打了電話告知媽媽。

晚上吃飯時，媽媽告訴爸爸今天在學校發生的狀況，「還好，只是弄髒衣服，要是燙傷了怎麼辦？」爸媽擔心的說。吃過飯後，爸媽請我分享老師在學校如何引導我們學習，我很認真的邊做動作邊告訴他們：「如何端湯、如何提水、如何拿空垃圾桶……。」

爸媽笑著對我說：「看來妮妮學得很認真而且用心，快成達人了喔！我們更放心一些了。」

我也笑著點頭說：「我以後一定會更小心。」

腦筋動一動

1. 如果沒有注意手上裝著湯的碗而灑出來的話，可能會發生哪些不好的後果？
2. 除了端湯之外，手上拿著什麼東西時，也需要特別小心？
3. 手上拿著器皿時，需要注意哪些事？

十二、事倍功半的一天

事勿忙，忙多錯，勿畏難，勿輕略。

聽老師這樣說

做事不要慌慌張張，匆忙中容易出錯。做事不要害怕困難，也不可以草率，隨便應付了事。

生活現形記

「小熙，現在有空嗎？可以幫老師到辦公室影印學習單嗎？」

「好！我馬上來。」我正準備走向老師時，小儒叫住我：「你還沒把自然習作檢查好耶，沒弄好會害全班被扣分的。」

「可是，老師請我幫她呀！」

「你不會跟老師說你正在幫忙整理自然習作嗎？」

「我只是去影印一下就回來了，絕對來得及，別擔心！」

我快步走下樓梯準備到辦公室影印學習單，在轉彎處遇到陳主任。

「小熙，太好了，我正在找人幫忙呢！你可不可以幫我傳這張紙條到三年一班？」

「好！」我接過紙條並回答。飛快的往三年級的班級跑去，雖然知道走廊上不能奔跑，但已經快上課了，不管了！只好用跑的。

「啊！啊！對不起！對不起！」好險，差點撞到人。

傳了紙條、衝到辦公室影印、再奔回教室，剛剛好上課鐘響，「哇！我真是太厲害了。」我得意的笑了。

「咦？小熙，影印卡呢？」啊！剛剛太匆忙，忘了拿回影印卡，只好再走一趟。

接著午休結束，自然老師臉色難看的走進教室叫我。

「小熙，你到底有沒有仔細幫同學檢查作業……，你們班沒有準時完成訂正，不能幫你們加分了。」

同學聽到後紛紛抱怨：「你為什麼沒檢查好？是你自己主動舉手說要幫忙的。」

「我是因為又去影印、又去幫忙傳紙條……。」

「那你就要老實跟老師們說呀！老師都能了解的。你同時忙這麼多事，很容易出錯。」

「對啊！你越幫越忙害我們都沒加到分。」

我想多幫忙，卻沒把時間安排好，結果還惹出了麻煩，我以後再也不敢了。

腦筋動一動

1. 小熙幫老師和同學做了哪些事？有成功嗎？為什麼？
2. 你覺得小熙做得好不好？為什麼？
3. 你曾經有過「匆忙做事」的經驗嗎？結果如何？

十三、好奇寶寶奇遇記

鬥鬧場，絕勿近，邪僻事，絕勿問。

聽老師這樣說

遇見打鬥吵鬧的場合，絕對不要靠近。看到別人在做奇怪且不合規矩的事情，也不要去探問。

生活現形記

「媽，我回來了。剛剛回家路上經過公園時，看到一群國中生圍在那裡，好像在吵架，聲音很大，我忍不住停下來想知道他們在說什麼……。」

「你沒有跑過去看吧？」沒等我說完，媽媽就急著打斷我的話。

「沒有。」我搖搖頭。「住在我們家樓下的阿伯路過看到我，就叫我趕快回家，不要亂看，會有危險。」

「樓下阿伯說得對。」媽媽鬆了一口氣，一邊端出我愛吃的檸檬愛玉，一邊叫我去洗手並跟我說：「有些地方有人會聚在一起喝酒、賭博、飆車……，很容易引起爭吵、打鬥，你靠近了，一不小心被波及的話很危險，最好離遠一點。電視新聞不也是都有報導嗎？」我一面吃著點心，一面點頭回答：「我知道了。」

「欸！你有沒有聽說，班上那群打籃球的男生約了隔壁班的阿揚，到籃球場PK算帳？」一到學校，小晴興奮的拉著我說。

「真的啊！」我既興奮又好奇，根本忘了昨天媽媽的提醒，跟著幾個同學一起下去，沒想到早就有人給學務主任通風報信，我們才剛到，就和那群準備鬧事的男生一起被帶回學務處訓了一頓，主任發現我們是旁觀者，接著又罵我們：「沒事跟人家湊什麼熱鬧，這種場合為什麼要好奇去看，很容易出事的……。」我們真是倒大楣啊！

回到家，媽媽早就接到老師的通知了，直接跟我說：「這星期的點心就不用吃了，才不會只顧著專心吃點心，跟你說的話都沒聽進去……。」

「天啊！我心愛的點心飛了，我再也不要當好奇寶寶去看熱鬧了啦！」

腦筋動一動

1. 故事主角的點心為什麼會「飛了」呢？換作是你，會不會很難過？為什麼？
2. 你會像他一樣，想靠近這些容易爭吵打鬥的場所嗎？
3. 為什麼不要接近容易爭吵打鬥的地方？

十四、芝麻開門

將入門，問孰存，將上堂，聲必揚。

聽老師這樣說

進入別人的家，要先敲門，詢問是否有人在；走進別人家的客廳前，要出聲問候，讓屋內的人知道有人來了。

生活現形記

上寫字課時，老師教我們新字的筆順，「橫、豎、直、撇……」我聚精會神的聽著、寫著……。

過一會兒，老師說：「小媛，請到辦公室把同學們的作業本拿過來。」

「好。」我三步併兩步往科任辦公室走去。

「咦？怎麼一個老師都不在？要不要進去拿作業本呢？管他的，反正又沒人看到。而且是老師叫我來拿的，又不是我自己要進來，應該沒問題。」

這時，心裡的另一個我說話了：「不行！不行！辦公室都沒人，怎麼可以進去呢？」

「可是老師要我把同學的作業本拿回教室呀，萬一太慢了，被罵怎麼辦？」

「就算老師要你拿作業本，但老師也沒叫你隨便進辦公室呀！」心裡的另一個我提醒著。

「啊！對了。」靈光一閃，我趕忙跑到校長室，請校長助理許老師幫忙。

「許老師，您可以到科任辦公室一下嗎？等我喊『報告！』後，請許老師說：『請進！』這樣我就可以進去拿作業本了。」

許老師了解我的想法後，大大誇獎我是個君子，能在四下無人時更謹慎做正確的事。我真高興，也謝謝老師的幫忙。

耶！使命必達！抱著作業本，我開心的往教室走去……。

腦筋動一動

1. 如果小媛看到辦公室沒有人，直接走進去拿簿本，可能會有什麼結果？
2. 如果你是小媛，你會怎麼做呢？
3. 有時候，我們都會遇到需要抉擇的時刻，你通常是憑自己的感覺去做，還是會思考判斷並選擇正確的去做？

十五、猜猜我是誰？

人問誰，對以名，吾與我，不分明。

聽老師這樣說

主人問是誰來了，要回報自己的姓名，不要只回答：「是我！」讓人分不清楚到底是誰。

生活現形記

叮咚！叮咚！

「請問是誰？」

「我！」

「你是誰？」

「媽媽，是我，柔柔啦！」

「原來是小柔下課了，咦，今天怎麼比較早回到家？」

「媽媽，我的聲音你都聽不出來嗎？」

小柔一進門就一臉不開心的抱怨著。

「我問是誰？你沒說名字，只說『我』，我們家的對講機沒有螢幕，聲音又不清楚。」媽媽笑著說：「我可不認識一個叫『我』的人，怎麼敢隨便開門呢！」

「唉喲，媽媽你太緊張了啦！」

「還是要注意一點，而且不報名字也可能會鬧笑話呢！」

我回來了！

「真的嗎？」

「以前媽媽還在上班時，接到一位客戶的電話，因為對方沒有先說名字，因此讓媽媽誤以為是你阿姨，講了幾句才發現弄錯了，真是很不好意思呢！」媽媽和我分享。

「原來只聽聲音沒聽到名字是會容易弄錯的。下次我會注意，不然認錯人很丟臉。」

腦筋動一動

1. 為什麼小柔的媽媽要確認這麼多次，遲遲不開門？
2. 講電話時，為什麼要先報自己的名字？

十六、消失的橡皮擦

用人物，須明求，倘不問，即爲偷。

聽老師這樣說

使用別人的東西前，要先得到主人的同意，沒有問過就拿走，是偷竊的行為。

生活現形記

「小明，橡皮擦借我一下，快點，我快來不及了！」

聽不到回應，我回頭看，才發現只有我還在座位上，其他同學早已跑到操場上體育課了。我順手拿起坐在我隔壁的小明的橡皮擦，匆匆訂正好數學作業後蓋上鉛筆盒，把作業本放到老師桌上，轉頭趕緊跑去操場。體育課後，我正要走去課後班，突然聽到同學叫我……

「小振，老師找你，趕快回教室。」

「什麼事啊？我要去上課後班。」

傳話的同學搖搖頭說：「我也不知道，只知道老師叫你現在就回去。」

「會是什麼事呢？」我心裡納悶，但也不敢拖延，直接跑回教室。

「小振，你有看到小明的橡皮擦嗎？他說他放在桌上忘了收，等到想起來跑回教室找，結果就不見了。」老師問我。

「啊，在我的鉛筆盒裡，我借來訂正數學作業，沒想到一急就忘了還，對不起！」我緊張的回答老師，好害怕讓老師留下壞印象。

「你有跟小明借嗎？」

我搖搖頭，並說：「剛剛教室都沒人，我很急，才會直接拿小明的橡皮擦來用，又急著去操場，忘了放回去。對不起！我真的不是故意的。」

老師沒有處罰我，但對著我說：「老師相信你真的不是故意的，即便不是故意的，如果沒有事先問過別人，不管東西有多小，仍是小偷的行為……。」這時，我才發現自己不對，我以後再也不敢沒有經過別人的同意，就隨意拿別人的物品來用了。

腦筋動一動

1. 為什麼借用別人的物品，一定要事先徵求本人的同意？
2. 生活中，你是否有過像這樣的經驗呢？如何做得更好？

十七、有借有還，再借不難

借人物，及時還，後有急，借不難。

聽老師這樣說

跟別人借東西，用完了就要馬上歸還，以後有急用時，再跟他借就不難了。

生活現形記

「姊，你的膠水可以借我嗎？明天學校的美勞課要用。」

「好啊！」姊姊二話不說，就把她用到只剩半瓶的膠水拿給我。

上課時，有同學沒帶膠水，我就借他們一起用，結果我們三、四個人很快就把姊姊的膠水用光了。

這下糟了！沒有膠水可以還姊姊，到底該怎麼辦呢？我不敢跟姊姊講，乾脆假裝忘記這件事。

過幾天，姊姊要用膠水時，跑來找我：「小恩，我的膠水呢？」

「你的膠水用完了，對不起！」

「用完了？那你要賠我一瓶啊！」

「我不要！是你自己答應要借給我的，膠水本來就會一直變少，更何況你借我時，只剩半瓶，為什麼要我賠一瓶？」

「你不賠的話，我以後都不要借你東西了。」

雖然我嘴巴說不要賠，但是，心裡還是覺得對不起姊姊，因為跟別人借東西，本來就應該要還的，這樣以後要再借東西才不會有困難。可是我又沒有錢，怎麼買新的還姊姊呢？

這時，媽媽聽到我們姊弟在吵嘴，問說發生了什麼事。我們把事情講給媽媽聽，媽媽就說：「有借有還，再借不難，待會媽媽拿錢給小恩去買一瓶膠水還給姊姊。」

謝謝媽媽出面幫我解圍，我也學到遇到狀況要主動說明、誠實面對，才不會讓事情變得更糟。

腦筋動一動

1. 如果跟別人借了東西都不還，會造成什麼影響？
2. 你也有過像小恩這樣的經驗嗎？你那時是怎麼做的？怎麼想的？有沒有比小恩更好的辦法？為什麼？

主題四：〈信〉——與人應對進退

一、不做賴皮鬼

凡出言，信爲先，詐與妄，奚可焉。

聽老師這樣說

說話一定要守信用，說到就要做到，絕對不可以欺騙和巧詐。

生活現形記

暑假過了將近兩個星期，我的書法作業卻一直都沒有拿出來練習，媽媽每次擔心的問我：「小輔，去學書法好嗎？」我的回答都是：「喔！再過幾天好了。」心想：「假如我去學書法，那我玩的時間不就變少了嗎？這是暑假耶！」

昨天媽媽又再次提起學書法的事情，她鼓勵我去學，為了不讓媽媽一直問，於是我就隨口答應。沒想到，她竟然當真，而且非常積極，當天下午就真的要帶我去上課了。天啊！早知道就不要答應，現在真不知道該怎麼辦才好？

其實我不想上書法課還有另外一個原因，那就是：我不太敢一個人留在那邊上課啦！

眼看就要去上課了，我只好鼓起勇氣硬著頭皮去跟媽媽商量，希望她可以在那裡陪我，最後討論的結果是媽媽可以陪我三十分鐘，但我必須認真學習。雖然這個結果，我並不是很滿意，但是總比都不來陪的好。當媽媽要離開時，我心裡還是希望她能留下來。但是，我想到，剛剛已經跟媽媽說好了，我不能賴皮，只好揮揮手跟媽媽說再見，乖乖的留下來練習。後來，我發現其實書法老師人很好，對我也很有耐心，我就不那麼害怕了。

媽媽：「起床！你不是說不要再賴床了嗎？要說話算話！」

沒想到因為我「誠信」在先，答應媽媽的事情，有遵守承諾並完成，結果不僅突破我害羞的個性，也順利學會寫毛筆字並完成暑假書法作業，一舉數得，實在很開心！

腦筋動一動

1. 為什麼小輔一開始不願意去學書法？
2. 小輔如何突破心理上的障礙及自己害羞的個性？
3. 你覺得小輔有哪些優點呢？
4. 「遵守諾言」是需要勇氣去面對，並對自己的言行負起責任。你有沒有哪些類似的生活經驗？

二、話多不如話少

話說多，不如少，惟其是，勿佞巧。

聽老師這樣說

話說得多不如說得少，只要說事實，不要討好也不要騙人。

生活現形記

「小文，我覺得你今天穿的衣服和裙子的顏色很不搭耶！紅配綠看起來很好笑，而且你穿洋裝，卻穿球鞋，好奇怪喔！」

「要你管，多嘴！」小文很不高興的回我。

「喂！我是好心提醒你耶！」

「小臻，你今天的頭髮綁得好像鞭炮喔！你不會覺得很怪嗎？是你媽綁的嗎？我覺得你媽應該……」

「你會不會話太多啦！」小臻也翻著白眼對我說。

「我只是實話實說，又沒惡意！」

「咦！詠馨，你這是在畫什麼啊？」

「蘋果呀！」

「這怎麼會是蘋果？一點都不像，我以為你是在畫橘子，還是柳丁……」

「你走開！討厭！」詠馨更是完全不給面子的趕我走。

這些人真奇怪，我明明是好心啊！

老師似乎也聽到同學們對我的抱怨了，午休的時候要我去辦公室找她。

「老師，我並沒有怎樣呀！我都很好心幫同學，像上次……」我急著幫自己解釋。

「嗯，老師知道你沒有惡意，但是說話前要多想一下，哪些話適合說，哪些話不適合。有時候，存好心卻說壞話也是不行。有道是『話多不如話少，話少不如話好！』」

老師說的是什麼意思？我還是聽不太懂，好難體會呀！當我正在認真思考老師的話時，小文、小臻和詠馨笑咪咪卻好像不懷好意的走了過來，同時對著我說：「小寓，你今天穿的衣服很像男生的運動T恤耶！還有你的頭髮好像貞子喔！你……」

看著她們一起笑著離我遠去，我心裡有種說不出的難受，腦海中也浮現老師說的話：「話多不如話少，話少不如話好」終於能夠體會這句話的意思了。

腦筋動一動

1. 小寓有哪些言語或行為會讓人不舒服？為什麼？
2. 你覺得「話多不如話少，話少不如話好。」重不重要？為什麼？

三、出口不成「髒」

奸巧語，穢汙詞，市井氣，切戒之。

聽老師這樣說

那些花言巧語騙人的話、髒話以及流氓無賴粗俗的口氣，千萬不要說。

生活現形記

「老師，剛剛立群在自然教室罵小晴髒話。」愛打小報告的羽柔，一下課就牽著哭哭啼啼的小晴向老師告狀。

「是她都不讓我碰實驗器材！」我大聲的說。

老師瞪大了眼睛問：「立群，你怎麼又這樣，上次的教訓還不夠嗎？」

上學期有一節體育課，班上的毅哲取笑我投籃都投不進，回家後我心裡很不是滋味，一連幾天，我都在臉書上用不雅的話罵他，那次毅哲的媽媽很生氣，還打電話來向媽媽告狀，我和媽媽一直道歉，他們才原諒我。

老師看我不說話，又繼續說：「檢察官怎麼說的，如果在臉書上罵人髒話，會得到什麼處罰？」

「上法庭」、「一字一萬」。上次學校請了檢察官來學校宣導法律常識，無法清楚記得當天的細節，但是這幾個關鍵字一直停留在腦海中。毅哲的事情過後，我向媽媽和老師保證不再亂罵髒話，今天一急卻又罵出口了，真的很後悔。

老師說：「罵髒話，代表一個人沒有修養，沒有受過教育。重點不只是法律層面上受到處罰，而是你是一個受過教育的人，這樣說話與待人的方式，人家會質疑你的父母和老師是怎麼教你的。」

其實，我在低年級時，是不會說粗話的。但是，升上三年級後，我發現同學說髒話時，其他人會哈哈大笑，喜歡成為焦點的我，也跟著說起髒話來了。一開始我並不知道有些髒話是什麼意思，只是跟著同學講，後來知道那很不尊重人，也很沒有修養，卻因為已經養成習慣了，所以每次一生氣髒話就脫口而出。

雖然說出來時感覺很痛快，很快的我就後悔了，爸爸媽媽送我來上學，當然是希望我成為一個有修養有學問的人，我卻一次又一次的犯錯，讓他們失望，我真的好羞愧，我不想被告，更不想成為一個粗俗又沒有教養的人，我想是下定決心改變的時候了。

腦筋動一動

1. 當你聽到別人罵髒話時，有什麼感受和想法？
2. 你自己會罵髒話或說不雅的話嗎？
3. 看到這個故事，你有什麼體會或反省呢？

四、誰才是凶手？

見未真，勿輕言，知未的，勿輕傳。

聽老師這樣說

任何事情在不清楚真實情況前，不要隨便亂說；任何事情了解得不夠清楚時，不要隨意傳播，以免造成不良後果。

生活現形記

上課鐘響，小岳一回到教室就被大家指指點點，隔壁班的阿凱等一行人更是不客氣的說要找他算帳，但是，他們見到老師進入教室，就離開了。

老師問：「小岳怎麼了？」小岳趴在桌上哭，大家七嘴八舌說他下課推倒阿宏，害阿宏撞到隔壁班的同學，所以，剛剛有幾個人說要找小岳算帳，他就嚇哭了。

老師問：「有誰看到小岳推倒阿宏呢？」大家都指向莉莉和我。

我小聲的說：「莉莉和我下課走出教室，看到阿宏跌倒，小岳正嘻笑的站在他身後。我們覺得這應該是平日愛作怪的小岳故意推倒阿宏。所以當隔壁班同學問起，我們就說是小岳惡作劇造成的。」

「你們真的有看到小岳推倒阿宏嗎？」我和莉莉都搖頭。

「你們自己都不確定，怎麼可以就隨便跟別人說呢？」我跟莉莉都低下頭。

這時，阿宏漲紅著臉說：「小岳沒推我，是我自己不小心跌倒去撞到隔壁班同學的。」

老師說：「你跌倒撞到別人，怎麼沒道歉？」

阿宏說：「我跌倒爬起來時，沒來得及看清楚撞到誰了。」

這時，莉莉和我才驚覺錯怪了小岳，還差點造成他和隔壁班同學的衝突，我們趕緊跟小岳道歉，也學到了以後沒查證前，不能隨便亂說話。

腦筋動一動

1. 你常常會依自己看到的情況就下判斷嗎？這樣做可能會發生什麼問題？
2. 你能避免像故事中的主角和莉莉所造成的問題嗎？怎麼做會更好？

五、正確的選擇

事非宜，勿輕諾，苟輕諾，進退錯。

聽老師這樣說

不適當的事情，不要隨便答應。沒有考慮清楚就隨便答應，萬一做不到，會使自己進退兩難。

生活現形記

英文課一結束，平平馬上跑過來找我：「小瑩，借我抄一下英文考卷的答案。」「好！」我正準備拿出考卷，腦海中突然閃過老師剛才說的話：「若想幫助同學，就不能只給他答案，這樣無法讓他學會。」可是我已經答應平平了，怎麼辦？

想了一想，我就說：「可能不行，因為老師說過：『如果要幫助同學，就不能只給他答案。』」

「可是你剛剛已經答應了，老師不是也說做人要講信用？」

唉……只怪我答應得太快了，變得進退兩難。

「對，有了！雖然不能借你抄，但是，我可以陪著你訂正呀！我相信你是有能力的，要不要試著自己做做看？」

平平有點驚訝的看著我，

但他還是拿出英語課本努力的找答案，我就在旁邊不斷的給提示。沒多久，他真的全部改對了。

看到他學會了，我覺得很開心，一方面鼓勵他學會解決問題的方法，一方面我照著老師的話做出正確的決定，也順利解決了難題，更重要的是我以後不會再隨便答應別人了。

腦筋動一動

1. 你覺得借別人抄答案是幫助他人的行為嗎？為什麼？
2. 對於答應他人做不正確的事，你覺得要信守承諾嗎？為什麼？怎麼做會更好？

六、請你講清楚、說明白！

凡道字，重且舒，勿急疾，勿模糊。

聽老師這樣說

講話時，咬字斷句要清楚，慢慢講，不要太快太急，也不要模糊不清，讓人聽不清楚或會錯意。

生活現形記

「老師，老師，完蛋了，那個□○╳@%……」我上氣不接下氣的從操場跑回來，急著告訴老師……。

「承睿，請你說慢一點，講清楚一點，聽不懂你在說什麼？」

「唉呀！就是那個□○╳@%撞到了□○╳@%腳□○╳@%哭啊！老師，快點！」

「你到底在講什麼？」老師非常緊張的問。

這時候，班長和其他同學也跑進教室，跟老師說：「老師，鼎竣剛剛跑大隊接力搶跑道時，絆倒文清，兩人跌在一起，結果文清的腳好像骨折還是怎麼了，痛得躺在跑道上大哭……」

「體育老師在嗎？」

「有，陳老師有馬上過去看，也通知保健室的護士阿姨，還要我們上來跟您說。」

「對呀！老師，我剛剛就是說這個呀！」

「走吧！我們下去看看他們！」

還好文清的腳傷不嚴重，大家都放心了。

回到教室，老師說：「謝謝大家即時通報，你們做得很好！承睿也很棒，第一個來通知老師。」並且對承睿說：「剛剛你說得太快，每個字都連在一起，老師聽不清楚，只知道出事了，你很緊張，想趕快告訴我，但是，下次講話別太急。」

我很不好意思的跟老師說：「我知道了。」

腦筋動一動

1. 承睿有幫上同學或老師的忙嗎？為什麼？
2. 說話太快或模糊不清會有哪些影響？
3. 應該怎麼講話會比較讓人容易聽懂？

七、向八卦說不！

彼說長，此說短，不關己，莫閒管。

聽老師這樣說

聽到別人東家長西家短，跟自己無關的事就不必多管。

生活現形記

「我跟你說……那個陳玉如好那個喔！」

「對啊！她上次啊……」

「真的！我也有看到……」

唉……，又看到語喬班長跟一群同學嘰嘰喳喳，圍在一起說同學的八卦，再看到被說的玉如滿臉通紅的低著頭繞道而行，我實在很不喜歡，但又沒有勇氣上前去阻止他們，真的好困擾。

回到家還是很不開心，就跟媽媽抱怨同學的行為。

「你真有同情心啊！」媽媽摸著我的頭並安慰我說：「在背後說別人真的很不好，被別人批評當然很不舒服，但是，我們不知道事情的來龍去脈，所以也沒有辦法判斷事情的對錯。」

「那我應該怎麼幫玉如呢？她好可憐喔！」

「你可以安慰她不要太難過，請玉如在班上多多幫忙同學，來拉近跟大家的距離，我想時間一久，同學就會比較了解她了。」

「你們的老師不是常常鼓勵你們要看到同學的善行跟優點嗎？不要一直被同學不好的行為所困擾，你可以和玉如一起多觀察、多說別人的好，這樣班上的氣氛也會慢慢變好啊！」聽完媽媽的話，我覺得很有道理，明天我去學校就可以從安慰玉如，自己先做玉如的好朋友開始！

腦筋動一動

1. 你喜歡語喬班長嗎？為什麼？
2. 為什麼故事中的主角的媽媽會誇獎他？
3. 當你發現別人在說閒話、聊是非八卦時，你該如何做才正確？

八、尋寶任務

見人善，即思齊，縱去遠，以漸躋。

聽老師這樣說

看見他人的優點或善行，要立刻學習看齊，雖然目前還差得遠，也要下定決心，逐漸趕上。

生活現形記

有一次老師告訴大家：「阿廷在校園的遊樂區玩，如果看到垃圾，就會順手撿起來，這真是一個善行。」

班上的小芮和幾個女生聽到老師的讚美，也跟著開始利用下課時間，帶水桶和夾子到校園撿垃圾，大部分都撿到一堆很髒的垃圾和臭臭的飲料罐，有時候還是會發現漂亮的紐扣彈珠等「寶物」，也算是意外的收穫。

我看她們做得很開心，也想要做做看。於是就邀了阿廷和帝兒一起組成了「善行探險隊」，利用中午吃完飯的時間，像尋寶一樣到每一層樓尋找垃圾，順便把正在滴水的水龍頭關好。

當我們把「成果」拿給老師看的時候，大家很驚訝學校竟然有這麼多垃圾，老師說我們像是學校的「環保小天使」大大的稱讚我們，而我們也越做越開心。

因為老師先讚揚阿廷，讓我們也想跟他一樣，於是，一起加入實踐的行列，沒想到善行的力量越來越大，連主任和校長也發現了，還特別在朝會表揚我們。

最後，全校的「環保小天使」越來越多，學校也變得越來越乾淨了。

腦筋動一動

1. 平常在我們身邊有哪些事情是容易做到的？
2. 看到別人有好的表現，我可以怎麼做，讓自己更好？
3. 我們可以如何讓善的力量變大？

九、得來不易的一餐

見人惡，即內省，有則改，無加警。

聽老師這樣說

看見別人的缺點或不良的行為，要反省自己。如果有缺失，立即改正，即使沒有，也要警惕自己不要犯錯。

生活現形記

這個週末，我們全家一起去爸爸推薦的餐廳用餐。當天客人很多，幾乎找不到座位。

好不容易排到了位置，我們趕緊坐下來，準備好好享受美食。這時我突然發現，在我們座位斜前方有一對母子，那個小男孩幾乎沒在吃東西，只盯著桌上的平板電腦看，他們離開的時候，桌上還剩下很多食物，似乎沒吃多少。

「爸爸，你看那桌客人的食物都沒吃完，還剩下好多，是不是都會丟廚餘？好可惜啊！」小涵問。

「唉，是呀！這樣實在很浪費食物。還有好多人正在挨餓呢，如果真的吃不了那麼多，一開始就可以點少一點啊。」爸爸感嘆道。

媽媽接著說：「可能是沒心思吃飯，才會剩下這麼多！」

「農夫和廚師都很辛苦，我要專心吃飯，而且還要把所有點來的東西都吃光光，不要浪費。」

媽媽高興的說：「哇！小涵很棒喔，看到別人就會提醒自己。我們都要做個愛物惜物的人。」

腦筋動一動

1. 小涵和家人外出用餐時學到了什麼？
2. 如何避免自己成為浪費食物的人？
3. 看見別人的缺點或錯誤的行為時，該如何面對和處理才正確？

十、我的願望

唯德學，唯才藝，不如人，當自礪。

聽老師這樣說

重視自己的品德、學問和才能技藝，如果有不如人的地方，要自我勉勵。

生活現形記

爸媽離婚了，一辦完離婚手續，媽媽就帶著我一起生活，並在電子工廠找到輪班女工的工作。因為媽媽常加班，我一個人在家常覺得孤單害怕，便開始結交班上愛玩的同學，課業和品行也越來越差。

有一天，我偷偷跑去逛夜市，看到一件「艾莎」圖案的T恤，這是當季最流行的衣服，有同學穿來班上炫耀，我也好想買一件趕流行。媽媽一回來，我向她要了兩百元買T恤，媽媽說：「我們不要在外表上和別人比較，要在乎的是學業跟品德……」我生氣的大聲頂撞媽媽，不再跟她說話。

夜晚，睡在媽媽旁邊，聽到她低聲哭了好久，我也翻來翻去睡不著。直到隔天的中午才醒來，媽媽已經去工作了。去找東西吃的時候，卻發現桌上放著麵包和牛奶，竟然還有兩百元！剎那間我忽然理解到，雖然常惹媽媽生氣，她卻還是那麼愛我，又想起爸媽離婚後的這段日子，媽媽內心的傷痛和辛苦。我不僅不理會，課業成績還一落千丈，又惹是生非，處處讓媽媽失望，想到自己的不懂事，於是忍不住放聲大哭。

主動幫忙，減輕家人的負擔。

升上小五後，我開始很認真的讀書，老師常常鼓勵我、協助我，也請很多同學教我，就像媽媽說的：「你要認真讀書才不會被人看不起，以後考到好學校，也可以找到好工作，生活就不會這麼辛苦，人生也會活得更有意義和價值。」

其實，我心裡真正想的是讓媽媽能夠過好日子。

腦筋動一動

1. 故事中的媽媽離婚後的生活過得如何？
2. 為什麼故事中的媽媽不給女兒錢去買T恤？
3. 故事中的小女孩看到兩百元時，為什麼大哭？
4. 為什麼這個女生升上五年級後，變得很認真且努力用功讀書？

十一、有自信的人最美

若衣服，若飲食，不如人，勿生慼。

聽老師這樣說

對於外表穿著或是飲食不如人，不用在意也不必感到自卑難過。

生活現形記

放學時，我不像平常一樣開心的回家，主要是這次的校外教學，老師竟然同意讓大家穿便服，還可以帶手機和相機，大家都開心極了。我的好友美美下課時還忍不住興奮的問我：「你會帶 iPad 嗎？我們要不要……」

想到這裡，我已經夠沮喪了。一回到家，看了看衣櫃，除了制服和運動服外，只有幾件舊的T恤，我更加覺得難受。「為什麼要穿便服呢？」我好怕那天大家會用異樣的眼光看我，更擔心我的死黨們會因為這樣而瞧不起我，不跟我玩。

正想跟媽媽抱怨我的衣服太舊，就聽到爸爸咳嗽的聲音，我連忙到房間裡幫爸爸拍背並倒杯水給他。走出爸爸的房間時忍不住嘆了一口氣，想到辛苦的媽媽，為了照顧得肺癌的爸爸跟還在念書的我，必須在白天和晚上兼兩份工作，才能維持家裡的生活開銷，便覺得自己好自私。

晚餐時間是我唯一能跟媽媽說話的時間，因為吃完晚餐後，她又要去工作了。我還是忍不住向媽媽抱怨老師對這次旅遊的決定，和自己的擔心。

「晴晴真的好懂事，能夠體諒媽媽的辛苦，你在班上人緣不是很好嗎？」媽媽很肯定的誇獎我。

「還好啦，不過在班上我的確是人氣王！」說到這裡，我高興了起來！

「對啊！大家喜歡的你，就是平常的你，不會因為你穿得很美麗才來跟你做朋友，是吧？」

「說的也是！」我突然覺得自己好傻，為什麼要在意這些。只是衣服比較舊一點啊！親愛的媽媽還是會幫我把衣服洗得香香，讓我穿得整潔又舒爽啊！

於是，我露出了笑容，開心的看著媽媽說：「嗯，我懂了！」

腦筋動一動

1. 如果晴晴對自己的物質條件比不上別人而感到自卑，可能會有什麼結果？
2. 你能像晴晴一樣不在物質條件上和他人做比較嗎？怎麼做會更好？

十二、千金難買早知道

聞過怒，聞譽樂，損友來，益友卻。

聽老師這樣說

聽到別人的批評就生氣，聽到別人的稱讚就高興，壞朋友就會來接近你，良師益友反而會遠離你。

生活現形記

「惠雯，你和小玉負責的外掃區沒整理乾淨，需要再掃一遍。」班長一看到我就跟我說。

「外掃區那麼多樹，樹上的葉子被風一吹，馬上就掉了，怎麼掃也掃不乾淨呀！」

「我說的不是葉子，是圍牆角落邊的小紙屑和垃圾。」

「喔！小紙屑？」心裡只覺得真煩！

同學們聽到班長指正我的聲音，全都看著我，害我好沒面子。轉頭看看小玉，小玉聽到正好也看了過來，露出了不耐煩的表情。

「走吧！我們的大班長又在雞蛋裡挑骨頭了。」小玉拿了掃把走過來。

「每天一大早就聽她在挑大家的毛病！」

我忍不住跟小玉抱怨。

「我們的教室在三樓，走到外掃區再回來，那早自習的時間不就沒啦。啊！那我的數學作業……」

來對決吧！
來呀，看我的厲害！
班長：「別再玩了，趕快掃一掃！」

「惠雯，只有你的數學作業還沒交，老師要我這節課送去給他。」班長又在催我繳作業。

「只剩五題啦！因為剛剛去外掃區，你下節課再拿給老師，好不好？」

「不行，老師要我這節課拿去，不然全班都變成遲交了。」

「拜託啦！」

「這是回家作業，你應該在家就要寫好。不然等你寫好，自己再交給老師吧！」

看著班長轉身離開，心裡真是好生氣，這算什麼朋友！

「惠雯，這裡面有解答，趕快抄一抄。」小玉偷偷的塞了參考書過來。

「謝謝小玉！你真是我的救星。」

「你以前跟班長不是很好嗎？怎麼這點小忙她都不幫？真不夠意思。」

「對呀！她以為當班長就很了不起！」

「我也覺得她像個管家婆。沒關係！現在我們是好朋友，我會幫你。」

「小玉，你對朋友真好，常常又有好多好玩的點子，跟你當好朋友真開心。」

「我覺得你人也很好，又會照顧朋友。」

「真的嗎？」聽到她這樣說，我有點開心。聽到上課鐘聲響，我拉著小玉說：「走吧！上課了。」

「別緊張！慢慢走，遲到一下下，不會怎樣啦。」

「惠雯，這次月考，你的數學怎麼考得那麼差？好像完全都沒有複習，其他科也都退步了。」老師看著我說。

我驚訝的看著考卷上面的分數，這是我的嗎？怎麼辦？考卷要怎麼拿給媽媽簽名？

「最近你好像比較懶散，作業不只遲交又寫得很潦草，打掃工作也做得不確實。聽音樂老師說，都已經上課了，你和小玉才慢吞吞的進教室……」

老師一口氣說了我好多的錯誤，這些話聽起來好熟悉，原來班長都曾經提醒過我，我卻覺得她很囉嗦，一直找我麻煩，不當一回事。真後悔沒聽她的勸告，才會落得現在這個慘狀。現在，我才知道班長是我真正的好朋友，真的好後悔啊！

腦筋動一動

1. 故事中的班長是一位怎麼樣的朋友呢？
2. 只喜歡聽讚美卻不願接受提醒或指正的人，久了以後，會產生哪些結果？會比較快樂嗎？為什麼？

十三、我要當「子路」

聞譽恐，聞過欣，直諒士，漸相親。

聽老師這樣說

別人稱讚自己，不要得意忘形，只怕自己做得不夠好，怕空有虛名。聽到別人說自己的缺點，歡喜接受，正直誠信的人就會喜歡親近我們了。

生活現形記

自從老師在班上播放了《孔子傳》這部電影後，同學常常在下課時間討論，對於孔子的學生，同學也都有自己的偏愛。

成績很棒的家豪說，他希望自己是顏回，學問好，品德佳，但同學都笑他說，顏回這麼窮，家豪住的可是豪宅呢！
體育超強的大方說，他最欣賞子貢，口才好又會賺錢。
「葉子倫最像子路了，脾氣不好，總是愛罵人。」

大家一起動動腦，
激發想法。

我又沒說話，為什麼說到我，我真的很生氣。我的個性很急，脾氣也不好，以前常常會跟同學吵架或打架，讓媽媽和老師很頭痛，但我現在長大了，有進步了，同學為什麼老是要提到以前！

「我哪有，你們最討厭了！」同學們大笑，我氣得踢了一下垃圾桶，為什麼我就一定是像子路呢？回到家後向媽媽訴苦，沒想到媽媽說我很孝順又很有正義感，和子路有點像呢！我把這件事寫在小日記中，老師也回應說，他很贊成媽媽說的，但我還可以學習子路的其他優點。

第二天我問老師：「子路有什麼優點啊？」

「子路很勇敢，聽到別人提醒或指正他的錯誤時，會很高興，因為他覺得自己又有機會改善，變得更好。」老師回答。

「真的嗎？子路的脾氣不是很不好嗎？我還以為他會生氣罵人呢！」

「所以這才是子路值得學習的地方啊！他耐著自己的性子，努力改過讓自己變得更好！」

「其實孔子也常常稱讚子路呢！」

我很高興，也希望效法子路「聞過則喜」，以後同學再說我像子路時，我不再生氣罵人，而且還會很高興的說：「對啊，我希望像子路一樣，有錯就勇敢的改過來。」

腦筋動一動

1. 葉子倫有哪些個性特質或行為跟孔子的學生「子路」很像？有沒有不一樣的地方？是什麼？
2. 你會樂意接受別人的提醒或指正嗎？為什麼？
3. 願意或不願意接受他人的提醒指正，這兩者的結果會有什麼差別？你喜歡哪一種？為什麼？

十四、奶奶的眼淚

無心非，名爲錯，有心非，名爲惡。

聽老師這樣說

無心所犯的過失是錯誤，明知還故犯，就是一種罪惡。

生活現形記

我和姊姊，從小是奶奶照顧長大的。奶奶年紀很大，還要辛苦工作，所以對我們很嚴格。我和姊姊一犯錯就會被處罰，我們實在是很怕奶奶，也怕回家。

有一次，奶奶很早就要外出到宜蘭工作，出門前交代我和姊姊上學前先做完家事，我們因為奶奶不在家太開心了，玩到忘記時間就急忙跑著去上學。等到快放學時，我好害怕回家又要被處罰，吵著要跟老師一起回家，老師勸了我好久，要我趕緊排路隊回家。

到了晚上，奶奶回到家沒看到我，她緊張的打電話給老師，老師跟主任、組長們猜測我可能躲在教室，不敢回家。我發現他們上樓，就想跑去廁所躲起來，沒想到老師他們早就分成兩路，在另一邊等我了。他們送我回家，一到家，看到奶奶哭紅的雙眼，我想到的是自己貪玩沒做家事，又故意躲在學校不回家，讓關心我的人擔心，就低著頭不說話，奶奶沒有罵我，只叫我快去洗澡睡覺，隔天早上也沒處罰我，本來以為她是討厭我和姊姊，所以才常處罰我們，但是發生了昨天晚上的事之後，我覺得奶奶是愛我們的，不然她怎麼會哭成那樣呢？

之後，奶奶告訴我，忘了做家事，只要放學後趕緊回家完成，奶奶就不會生氣。但是，放學後不回家故意躲起來讓大家擔心，就太不應該了。我知道，以後不小心犯了小錯，就要趕緊改正，不要越做越錯了。

腦筋動一動

1. 故事中的主角為什麼會怕奶奶，也怕回家？
2. 如果你不小心犯錯，你希望別人如何處理？你也會這樣對待不小心犯錯的人嗎？為什麼？
3. 你會允許自己一直不小心犯錯嗎？為什麼？

十五、「誠實」這一帖藥

過能改，歸於無，倘掩飾，增一辜。

聽老師這樣說

有過錯能改正，過錯會慢慢減少，甚至消失。若是繼續掩飾，就會增加隱瞞過失的罪過，錯上加錯。

生活現形記

我比較容易生病，所以媽媽會定期帶我去看中醫，用貼藥灸來調整體質。看完醫生後，媽媽總會關心我：「小瑀，有沒有按時貼藥灸？」因為怕媽媽生氣，所以我都回答：「有。」但是，實際上常常都忘記貼，一方面我嫌麻煩，另一方面真的玩到忘記了。

沒想到，媽媽竟然都知道我有沒有貼藥灸，她卻沒有揭穿我的謊言，而是一次又一次的提醒我：「『誠實』很重要，不要怕做錯或做不好，只要肯努力就好，媽媽喜歡誠實的小孩。」

連續好幾次下來，慢慢的，我覺得媽媽希望我誠實是不希望我一直犯錯，也希望我能改善身體，媽媽這麼愛我，我不應該讓她擔心才對。

於是我就開始努力提醒自己要貼藥灸，當媽媽再問我時，我也會誠實回答，有做到就說「有」，忘記了就說「忘記了」，並努力讓忘記的次數越來越少。後來因為我的據實以告以及認真改過，媽媽也很開心！

腦筋動一動

1. 一開始，為什麼小瑀不說實話？你有相似的經驗嗎？當下的心情是什麼？
2. 小瑀後來願意跟媽媽說實話的原因是什麼？
3. 「知錯能改」是勇士嗎？為什麼？
4. 「堅持不認錯」的結果是什麼？會比較好嗎？

主題五：〈汎愛眾〉——做人處事

一、地球寶貝

凡是人，皆須愛，天同覆，地同載。

聽老師這樣說

任何一個人，不分族群，我們都應該去愛他，因為我們同是天地萬物所滋養的，應該不分你我，互助合作。

生活現形記

每天早上鬧鐘一響，我就匆匆忙忙起床趕著上學。為了怕遲到，我總是在早餐店買些餐點，到學校後再慢慢吃。吃完後剩下的餐盒和塑膠袋，隨手丟進垃圾桶，不用洗，真省事。

直到昨天，老師在課堂上播放影片，告訴我們海洋生物所面臨的危機，以及這個危機對人類的影響和傷害，那一幕幕畫面深深震撼著我。無數的塑膠垃圾隨著洋流到處漂流、吸管插進海龜的鼻孔使牠無法呼吸、塑膠袋纏繞著海獅的身體使牠動彈不得，更塞滿抹香鯨的胃使牠失去生命……，因為這樣，也導致漁夫捕不到魚使得家計陷入困境、人們吃了毒魚送醫急救……，看了之後內心好不忍。

最後老師告訴我們萬事萬物息息相關，為了自己方便，常用一次性的塑膠類製品，不僅傷害生物，人類自己也終將受害。下課後，想到那一幕幕動物的慘狀，以及有人因為海洋汙染而影響收入，甚至生病死亡，還是很難過。

今天到早餐店買好早餐，正要跟老闆拿塑膠提袋時，腦海中突然浮現昨天的影片內容，於是，把早餐直接放到便當袋裡。老闆問我：「怎麼了？」我說：「這是減塑愛地球呀！」老闆誇我：「你好環保！」我開心的走到學校，能為所有的生命盡一份力量，真棒！

腦筋動一動

1. 為什麼要盡量少用塑膠袋及一次性的物品？
2. 為什麼需要學習去愛護環境呢？
3. 故事中的主角是如何做到「凡是人，皆須愛，天同覆，地同載。」？

老師說，能有美好的戶外旅行，都是地球給我們的禮物。

二、美醜定勝負？

行高者，名自高，人所重，非貌高。

聽老師這樣說

品德高的人，名望自然也高，人們所尊重的是德行，並不是外表容貌的美好。

生活現形記

今天上作文課，題目是「影響我最深的人」老師為了幫助我們思考如何找出這個人，並探討他對我們自己的影響，於是，先帶著我們複習從三年級到現在所上過的「生命典範」課程內容。

我們這組討論得很熱烈，大家提出了海倫凱勒、史懷哲、德雷莎修女等人作為我們的典範。

阿德說：「我比較喜歡電影版的海倫，長得可愛又漂亮，尤其是跟蘇利文老師在餐廳PK那一段，超精采的……。」

「對對對，她比較可愛，那個黑白片的海倫一點都不好看。」

「你還說！史懷哲的影片都是黑白的，他長得很普通呀，沒有什麼特別的地方，很難想像他是非洲叢林之父，在非洲做了這麼多偉大的事。」

「我覺得最偉大的是德雷莎修女啦！但是我看過兩個不同的版本，老師給我們看的那一版本，長得比較像德雷莎本人……。」

「我比較喜歡海倫，她比德雷莎好看……。」

正當我們七嘴八舌討論得越來越興奮時，突然聽到……

「請問會影響你的，是他的品德修養、對社會國家的貢獻，還是他的長相啊？」

大家都嚇了一跳，原來老師已經站在我們後面不知道多久了，每個人都不敢講話。

接下來，老師走回講台問全班：「請問，你們覺得這些偉人會贏得世人的敬重，是因為他們長得好看嗎？」

「不是！」其他人異口同聲的回答時，我們這一組都不好意思的低著頭沒再說話了。

腦筋動一動

1. 故事中，這一組同學他們針對世界偉人所討論的重點是什麼？
2. 長相好不好看，是決定他擁有好名聲或受人敬重的關鍵嗎？為什麼？
3. 你會以貌取人嗎？為什麼？
4. 你希望別人是以容貌美醜來判定你的好壞嗎？為什麼？

三、神祕禮物屬於誰？

才大者，望自大，人所服，非言大。

聽老師這樣說

有才能的人自然有聲望，人們所佩服的是真才實學的人，並不是說大話的人。

生活現形記

「白癡喔，這麼簡單也不會！」

「你以為自己是小老師，就多了不起嗎？」

最近，渝哲在教同學功課時常常罵同學笨，同學們聽了很不高興，紛紛去找老師告狀訴苦，老師除了安慰大家外，也訓了渝哲一頓。

老師還希望我們連續兩週利用中午用餐觀賞《孔子傳》影片時，能夠想一想，你覺得孔子是個什麼樣的人？會誇耀自己嗎？他為什麼會聲名遠播且深具威望呢？老師說：「答對的人就可以獲得神祕禮物一份。」

大家一聽到「神祕禮物」，就比以前更認真思考問題。全班覺得題目最難的地方是，為什麼孔子從來不誇耀自己，這麼謙虛，卻連歸隱山林的老人也知道他，其他國家的君王臣子都知道他，各國百姓們也聽過他這個人？以前又沒有電視、網路、手機等傳訊設備，他的名聲是如何傳播出去的呢？連著好幾天的中午，總會有一些同學討論這件事。

有一天，班上公認最聰明的小凱和宏毅很興奮的說，「我們想出來了，一定是這個答案，準沒錯！」大家都忍不住圍過去聽答案。

「因為孔子很有智慧與才能，不管是用兵、經商、禮樂、典章制度、教育等各方面都很厲害，而且，他教出了很多優秀的弟子，這些弟子後來都陸續被各國聘請，當弟子們表現優異時，別人自然會知道這是孔子教出來的，對他的學問和才能，就更景仰與佩服了。一傳十，十傳百，名聲就傳出去了。」

「老師，他們說得對嗎？」大家聽完後更著急的追著老師查證結果。

正當大家睜大眼睛等著老師宣布結果時，承儒也大聲說：「對，我也是這樣覺得！就像我們這些人很優秀，比賽有得名，所以我們老師也越來越出名，我應該也是有說對，可以領神祕禮物一份！」

「承儒，你太誇張了！」每個人都同時大喊。

腦筋動一動

1. 你會喜歡並相信一直誇耀自己的人嗎？為什麼？
2. 你覺得故事中的同學們，有誰會拿到神祕禮物？為什麼？
3. 真正有才能的人需要誇耀自己，使自己具有名望嗎？為什麼？

四、團結力量大

己有能，勿自私，人所能，勿輕訾。

聽老師這樣說

自己有能力，應該為別人服務，不可自私自利，只為自己。別人有能力，不要生嫉妒心，不可輕視毀謗，要多讚美肯定。

生活現形記

噹噹！噹噹！噹噹！農耕時間到了，真高興！老師說今天要把農地整理完，接著就可以開始種植作物水果了。這次要種西瓜，等夏天到了，我們就可以享受好吃又可口的西瓜了！

「快拿鋤頭來幫忙！」我們這組因為默契佳，合作無間，所以很快就做完了。

但是，轉身一看，隔壁的同學們還沒把田地整平，他們也好努力、好認真，豆大的

汗水流過臉頰。我想，我們已經空閒下來，但大家都還在忙，既然有時間、有能力，為何不去幫助別人呢？讓他們也快一點完成，我們全班就可以早點休息了。於是我對著同組同學們說：「我們一起去幫忙他們吧！」果真團結力量大，全班很快就完成了農地的整理，大家都可以休息了。

我很高興當自己有能力的時候，願意去幫助別人，看到別人開心，自己也會更開心。

腦筋動一動

1. 如果故事中的主角沒有幫助其他組同學整理農地，可能會有什麼結果？
2. 故事中的主角做完自己那一組的事情已經可以休息了，為什麼還要去幫助別人？
3. 你有「當自己有能力去幫助別人，看到別人開心，自己也會更開心！」的經驗嗎？分享一下吧！

五、新歡舊愛好為難

勿諂富，勿驕貧，勿厭故，勿喜新。

聽老師這樣說

對富有的人不諂媚討好，對貧窮的人不驕傲自大。不要有了新朋友，就忘了老朋友。

生活現形記

這星期，班上轉來一位從上海回來的新同學何凱莉，她的爸爸是台商，第一天來的時候，她的媽媽為班上每位同學做了一盒果凍，讓大家都很驚喜。老師把她帶到我的座位旁，讓她坐在我旁邊，並跟我說：「她剛來，你要好好照顧她，帶她熟悉學校環境。」何凱莉長得很秀氣，態度很大方，成績也很好，大家都很喜歡她。

這幾天我都跟她在一起，上廁所、上福利社、到操場……，因為我有聽老師的話照顧她，我原來的拍檔章玉琴卻被我冷落在一旁。

章玉琴是我這一年來的最佳拍檔，原因是她的體育很好，有一次，我們分在同一組打躲避球，她處處力挺我，之後我們就成為好朋友。她家是單親家庭，母親在自助餐廳做事，要照顧她和弟弟，工作很辛苦。

下午有體育課，又要打躲避球了，雖然，我一向都是躲在玉琴的身邊受她保護，但是凱莉在另外一隊，我竟然不顧玉琴的請求，跑到她敵對的那一方。好管閒事的李永明經過時，斜著眼睛瞪了我一眼說：「你怎麼會這樣？有了新朋友，就不要老朋友了！」我趕緊辯解說：「我哪有？是老師要我好好照顧新同學的啊！」這時我內心也生起了一個小小的問號，我是不是真的對不起老朋友？

躲避球在一來一往中，輸贏漸漸分曉，我們這一隊被打得落花流水，玉琴很明顯的處處對我手下留情，打到我的那一球，她為了減少力道，自己還向後摔了一跤。

打完球，玉琴更跑來向我說聲對不起，我感到很慚愧，對她說：「玉琴，對不起，凱莉也是好朋友，但是，她已經漸漸熟悉環境了，以後不用我天天陪了！」玉琴也露出了笑容。

腦筋動一動

1. 你覺得故事中的主角有喜新厭舊嗎？如果你是玉琴會有什麼感覺？
2. 你在交友的過程中，有遇到類似的問題嗎？該怎麼做才好？

六、耐心幫了大忙

人不閒，勿事攪，人不安，勿話擾。

聽老師這樣說

別人正在忙碌時，不要去打攪；別人心情不好時，不要講閒話增加他的煩惱。

生活現形記

升上六年級，數學不再那麼簡單了。今天最後一題數學作業，真叫人頭痛！想了很久還是解不出來。天晚了，一大早頭腦比較清楚，早點起床再來奮鬥吧！

天還沒亮，想到昨天的那題數學題還沒解決，就奮力爬出溫暖的被窩，再度挑戰數學！啊！終於想出來了。「這樣算，準沒錯！實在太棒了！」我心裡這樣想。

正當我歡天喜地的趕到學校，想找數學最厲害的學藝股長對答案時，一踏進教室，發現她正在忙著幫老師畫運動會的隊旗，正在寫隊名。但是，當下的我實在太想知道我是不是算對了，於是就叫她：「怡旋、怡旋！」沒想到她太專心，根本沒聽到。我正想要再大聲一點叫她時，突然想到，她現在是在幫老師、幫全班，萬一她被我干擾而畫錯或寫錯怎麼辦？那班上的同學們一定會怪我，老師也一定會責罵我，到時候，一定很慘！我只好忍住並走到她的旁邊等著。

過一會兒，看她畫完了，我才請她幫我驗收，結果我真的算對了，真高興。

怡旋還跟我分享：「我昨晚擔心畫不完，心情一直不好，今天一大早就到學校趕工，希望能在老師還沒到之前就順利完成，現在終於鬆了一口氣。」聽完她的話，我心中暗自慶幸，還好剛剛有耐住性子沒打擾她。

腦筋動一動

1. 如果故事中的主角只顧自己想要做的事而不管怡旋忙不忙，可能會有什麼結果？
2. 故事中的主角如何調整自己的「急」，使自己不打擾別人呢？
3. 你認為怡旋正在忙碌時，會希望對方怎麼做？又不喜歡他怎麼做？
4. 你能像故事中的主角一樣，想辦法調整自己立即想知道結果的心情，而不去干擾別人的行為嗎？為什麼？

七、我的人氣指數

人有短，切莫揭，人有私，切莫說。

聽老師這樣說

不要去揭穿別人的缺點，也不要到處去亂說別人的私事。

生活現形記

「小明，你真的很討厭！昨天阿雄告訴我們他家的事，你為什麼到處亂講？」凶巴巴的小潔一下課就對著我大叫。

「我哪有亂講，這本來就是真的啊！你看，小淇的數學真的考得很爛，李怡靜也是真的很胖啊，我又沒說錯。」

我一直很喜歡和同學開玩笑，有時候我講一些同學的事，一旁的人都會哈哈大笑，我覺得這樣很酷，但是，漸漸發現同學好像不想跟我玩了，我能明顯感受到我的人氣指數下降許多。

這次班級幹部選舉後，老師對我說：「咦？小明！怎麼這次很多人沒投給你，你知道發生什麼事了嗎？」我搖搖頭。

老師說：「有同學跟我說你喜歡去講別人的缺點，也喜歡到處說別人的隱私，你的行為讓他們感覺很不舒服。」

「可是有很多人跟我一起笑啊！」我為自己解釋。

「因為你說的是別人啊！如果你說他們，他們還會跟你一起笑嗎？如果同學取笑你，把你不想讓別人知道的事情，到處告訴別人，你覺得怎麼樣？」

「我會覺得很不舒服！」

「是啊！可以了解同學的感受了嗎？」

老師又說：「每個人都喜歡被別人讚美，如果你常常讚美別人，別人因為你的稱讚受到肯定，很開心，會更喜歡跟你在一起。你就不用再擔心你的人氣指數啦！」

在老師的引導下，我開始去留意自己的嘴巴，不隨便取笑別人，也不說別人的八卦，一段時間下來，我發覺和同學們的互動又漸漸變好了。

腦筋動一動

1. 小明為什麼不受同學歡迎呢？
2. 為什麼對於別人的缺點和隱私，我們不要去談論與張揚呢？
3. 我在班上的人氣指數如何？
4. 我希望自己是受歡迎還是被討厭？我會怎麼做，使自己變得更好？

八、給同學的禮物

道人善，即是善，人知之，愈思勉。

聽老師這樣說

讚美別人良好的行為，就等於自己行善，對方聽到我們的稱讚後，就會更加努力做好事。

生活現形記

我看到別人的錯誤，都會實話直說，因此很容易得罪人、被同學排斥。有一段時間，常被同學欺負到哭著回家，媽媽一再提醒我，以後別再管別人的閒事了，直到現在我還是會忍不住想提醒同學。

某天，看到老是找不到作業、不交作業的宏恩，又在翻箱倒櫃的找作業，便上前去他那像垃圾堆的抽屜中抽出作業，也說了他幾句。恰巧老師走過，就對我說：「老師觀察你一陣子了，發現你很熱情善良，很願意幫助同學。」

老師的鼓勵建立了我的使命感，於是那些老是不寫作業、不交作業的同學，成了我「關懷」的對象。

謝謝你的讚美，
讓我更有信心！

「你這題沒寫，不能交，快寫！」

「我不會寫！」

「這麼簡單你還不會，虧你還上補習班！」

「你以為你是誰啊！」宏恩生氣的丟下本子衝出教室。這樣針鋒相對的戲碼，不時在我們之間上演，常常讓我覺得很累、很想放棄！

有一天，傳來立展和衛生股長的吵架聲，我走到門口想一探究竟，見到衛生股長哭著走過，我問立展發生什麼事，他說：「她每次都凶巴巴的指揮我，我就偏偏不聽、偏偏不掃！之前的衛生股長說的我比較願意聽。」我追問了原因後，立展說：「她說話比較溫柔，而且會說我掃得不錯。」

立展的話讓我明白，為什麼我想幫助同學，卻經常鬧得不愉快的原因了。原來，我沒有讚美他做到的部分。回頭想想，我不也因為受到老師的鼓勵，而把幫助同學當作自己的責任嗎？我決定試著改變對宏恩的態度。

準備好的我，見宏恩進教室，便走向他：「昨天老師誇你越來越能準時交作業，而且造句寫得很有創意，我也這樣覺得喔！」雖然宏恩忙著找作業沒搭理我，但我告訴自己，以後要盡量用讚美的方式肯定他的「好」。果不其然，宏恩不交作業的壞毛病漸漸改善了許多。

一年過去，在老師的鼓勵與讚美下，我越來越習慣用讚美肯定的語言和態度去協助同學們，他們也因為被稱讚而越來越願意繼續努力。現在，我不僅獲得老師和同學的信任，也因此拾回了失去的自信。

腦筋動一動

1. 閱讀完以上故事，你覺得幫助別人願意繼續努力，也使自己越來越好的方式是什麼？為什麼？
2. 立展的話讓故事中的主角明白了什麼事？
3. 你會如何讚美你的親朋好友呢？

九、放下指責的雙手

揚人惡，即是惡，疾之甚，禍且作。

聽老師這樣說

到處說別人的過失、缺點，就是做壞事。批評得太過分，會給自己帶來災禍。

生活現形記

今天我一進教室就聽到大雄和王全在吵架。

「欸！張興文他們不跟我同組，是不是你去說的？」王全凶巴巴的問。

「我又沒有叫他們別找你。」大雄說。

「那為什麼很多人都說你告訴他們，我很笨不會做實驗，常常做錯，會害全組分數很低？」

只見王全推了大雄一把，害他撞倒了一旁的椅子，發出了很大的聲音，大家都嚇了一跳，這時，老師走進來問：「怎麼了？」老師一把將大雄拉了起來。

「老師，大雄到處說我壞話，害我找不到自然分組的同學！」王全先向老師告狀。

老師問大雄：「你有嗎？」

「因為他以前跟我同組時，就害我們這組做錯而被扣分啊！」大雄理直氣壯的說。

「你很熱心，想幫忙同學們自然分組，但是，隨便拿別人以前的錯誤來說，對事情沒有幫助，反倒給自己帶來了麻煩啊！」老師又轉頭對王全說：「你也不應該推大雄啊！」

王全小聲的對大雄說：「對不起！」

大雄也回了一句：「對不起！」

老師點點頭，並要他們回去座位。終於，結束了這一場混亂。

腦筋動一動

1. 大雄、王全兩人在什麼地方做錯了？
2. 同學如果做了不對的事情，你會怎麼對待他呢？

十、真正的好朋友

善相勸，德皆建，過不規，道兩虧。

聽老師這樣說

朋友間互相勸人努力向善，並改正過失，彼此都能建立良好的德行。有過錯而不規勸提醒，兩人在品行上都會有缺失。

生活現形記

今天上音樂課時，老師要檢查作業，我因為沒寫，就跟老師說：「作業放在原班教室。」此時，小淇卻對老師說：「老師，阿廷的作業本在這裡呀！他有帶來，只是沒寫。」我當下感覺既羞愧又生氣，也怕被老師處罰，便罵小淇：「你為什麼這麼雞婆告訴老師……。」

老師要我補寫作業，但是我都不會寫，老師詢問全班是否有人可以教我，這時，只有小淇舉手。

我其實很氣她讓我很沒面子，但是，現在只有她願意教我，我的內心真是矛盾啊！這時候，小淇小聲的對我說：「因為你是我的好朋友，我不希望你沒寫功課又說謊，萬一被老師抓到，連犯兩個錯是很嚴重的……。」

「既然是好朋友，為什麼讓我在全班面前丟臉，算什麼好朋友？」

「對不起，我太急了，話說得太快，害你丟臉，就讓我彌補錯誤，協助你一起完成作業吧！」

小淇陪我寫完作業交給老師時，老師微笑的說：「真正的好朋友會互相幫助，也會互相提醒，讓彼此越來越好喔！你們兩個應該是好朋友吧？」沒想到小淇和我不約而同的回答：「對呀！我們是真正的好朋友。」

腦筋動一動

1. 如果小淇不告訴老師事實，可能會有什麼結果？
2. 小淇還能用什麼方式勸朋友向善，並改正過失呢？
3. 你能和同學互相規過勸善，共同建立良好的品德修養嗎？

十一、午餐搶食大作戰

凡取與，貴分曉，與宜多，取宜少。

聽老師這樣說

和人有財物往來，不管是取得或給與，都要清楚分明。寧可多給別人，自己少拿一些。

生活現形記

「哇！好棒喔！今天是西米露耶！」我忍不住大叫，剛好今天中午輪到我幫全班打菜，因此可以先打自己的餐，實在是太棒了，都沒有人可以跟我搶。我決定拿保溫鋼杯來裝，正準備裝時，弘文大聲對我說：「小寶，你怎麼可以拿鋼杯來裝，全班有將近三十個人在用餐，你都不用考慮別人嗎？會不會太自私了？」

「我哪有自私？你才自私，上次午餐有薯條，你裝了整碗，都滿出來了還在裝，不是害後面的人吃很少，就是差點沒得吃。」

「上次的事已經過去了，我後來也幫大家再跑一趟，去拿薯條呀！」

「那如果不夠，我也會去樓下的餐車幫大家拿呀！」

「萬一餐車那裡也沒了怎麼辦？」

「你根本就是擔心自己沒得吃，還說是考慮全班。」

「你明明貪心不考慮其他人的份量，好心提醒，你還……」兩個人你一言我一句的爭吵不休。

「老師，您快來！弘文和小寶吵起來了啦！」

「怎麼了？」

一堆人告訴老師：「他們兩個為了誰裝太多而爭吵……」

老師看著我和弘文說：「如果每個人都像你們兩個一樣，每天的午餐氣氛會變成什麼樣子？中央餐廚配發的餐量，都是依每個人夠吃的份量去計算的，一個人拿多了，其他人就只能少拿，如果只依自己的喜好去選擇，都不考慮別人，『用餐』真的會快樂嗎？今天你們兩人排最後一個打餐！」

我和弘文只好眼睜睜的看著全班同學一個一個打餐裝湯，唉，這時候的我，好希望全班每個人都能依照所分到的餐量去裝湯呀，千萬不要有人多裝了一些湯，否則我心愛的西米露就……。

腦筋動一動

1. 小寶為什麼會跟弘文爭吵？
2. 老師讓小寶和弘文排最後一個打餐，是希望他們兩人學會什麼事情？

十二、痛苦的青蛙

將加人，先問己，己不欲，即速已。

聽老師這樣說

要對別人做什麼事或說什麼之前，先反問自己，如果自己也不喜歡，就立刻停止。

生活現形記

「喂！大雄，我們要去抓青蛙，你要不要一起去？」一下課，阿凱就開始呼朋引伴了。

「當然要去，上次那幾隻青蛙好大，看得好清楚！」

他們一夥四、五個男生，邊走邊興奮的聊著，我也很好奇，便跟了過去。

到了池塘邊，阿凱熟練的往水中一撈，抓起了一隻胖大的青蛙，大家一起圍過去，將青蛙翻過來、翻過去的看，一下子丟回水裡，再抓起另一隻，一邊熱烈的討論著，說是在觀察青蛙。但是也有同學的手不斷的在水裡撈啊撈，撈到幾隻蝌蚪就緊握不放。

原本覺得好玩的我，開始覺得不妥了。

「把牠們放了吧！你捏那麼大力，牠們會不會死掉啊？」

「不會啦！再看一下就會把牠們放走的。阿禾，你不要管這麼多啦！」

善待生活周遭的人事物，
便能看見最美麗的風景。

「你快點放開吧！你看，牠一定很痛。如果你也被別人這樣抓住，你喜歡嗎？」終於，他們把青蛙和蝌蚪都放了，我也鬆了一口氣。上課鐘響，我們趕緊回到教室。

一上課，老師嚴肅的對我們說：「不喜歡別人怎麼對待我們，就不要對別人這麼做，即使是對待動物也是如此，要懂得將心比心！」老師一定是知道我們去抓青蛙的事，所以特別提醒我們。老師說得沒錯，誰會喜歡被別人抓過來、捏過去啊？

腦筋動一動

1. 如果你是青蛙，被人抓起來翻來覆去的看，你有什麼感覺？心裡會怎麼想呢？
2. 做任何事情之前，若都能先想「自己也不喜歡的事，就不要對別人做」會有什麼影響和結果？

十三、記得他人的好

恩欲報，怨欲忘，報怨短，報恩長。

聽老師這樣說

別人對我的恩德，要時時想著報答；別人對不起我的事，要把它忘掉。怨恨不平的事不要一直放在心上，別人對我們的恩德一定要長記不忘。

生活現形記

我和阿珈是同學也是好朋友，平常他總是幫我很多忙，上禮拜阿珈不小心把我心愛的果凍筆摔壞了，我很生氣，幾乎有一週的時間，看到阿珈都不想和他說話，故意和他保持距離。

今天下課時，小湖走過來故意推了我一把，想激怒我，讓我被老師罵，我正準備回擊時，突然聽到背後傳來聲音：「大家都是好同學，為什麼要故意激怒他呢？

一起學習、一起玩，不是很好嗎？」轉頭一看，原來是阿珈。

老師這時剛好走進教室，看到這一幕，大大讚美我能夠正確思考判斷，而沒有發脾氣，接著阿珈看著我，並對老師說：「老師，阿霖今天沒有立刻生氣回擊喔，超厲害的……」讓我很不好意思。

想起上禮拜我對他惡劣的態度，沒想到他沒有放棄幫我的忙。

下課後，我走過去向阿珈道歉，請他原諒我之前不理會他的行為，也謝謝他今天幫我處理即將發生的衝突，阿珈開心笑著說：「我們是好朋友嘛！等一下記得要一起去抬餐盒喔！」

腦筋動一動

1. 如果你是阿霖，面對阿珈摔壞你心愛的果凍筆，你有什麼反應？又該如何處理？
2. 面對小湖沒有理由的挑釁，你會採取什麼行動呢？
3. 你比較容易記住別人對你的幫助還是傷害？為什麼？哪一個情形會讓你比較快樂？

十四、我的超級阿姨

待婢僕，身貴端，雖貴端，慈而寬。

聽老師這樣說

對待家中的幫傭，要注意自己的言行端正莊重，如果能進一步仁慈寬大的對待他們，就更好了。

生活現形記

「Amy阿姨，快點！奶奶剛剛要你拿的東西在哪裡？」

「真討厭耶！你動作怎麼慢吞吞的，在做什麼……」

「蓉蓉，注意你跟Amy阿姨講話的口氣，她是長輩喔！跟她說聲對不起。」

「好啦！Amy阿姨，對不起。」Amy阿姨是我們家請的菲傭，因為媽媽和爸爸的工作經常需要出國，所以請了Amy阿姨照顧長年臥床的奶奶。

媽媽說：「Amy阿姨是大學畢業生，是為了幫忙改善家裡的經濟，才來台灣工作。她是來幫我們照顧奶奶，不是傭人。」雖然爸媽常提醒我們，但是因為跟Amy阿姨太熟了，而且她對我和弟弟總是百依百順，有時我們還是會不小心凶了她。

有一次校外教學，媽媽剛好休假，就陪我參加。班上有幾位班親媽媽也一起來協助老師，其中最特別的是罹患血癌的沛好，因為她真的很想跟我們一起去，她的媽媽跟老師商量很久，最後是由她家的海蒂阿姨陪同。一整天的活動下來，雖然沛好只參加到中餐結束就先返家休息，但是，一路上，我和媽媽總是會忍不住觀察沛

體諒家人的辛勞，我也要幫忙做家事。

妤和她們家印傭的互動，我好驚訝沛妤對海蒂阿姨真有禮貌，常常向海蒂阿姨道謝，還叫海蒂阿姨一起坐著休息。我偷偷問沛妤：「她是印傭嗎？」沛妤竟然回答我：「她不是印傭，她是超級阿姨，照顧我很多、幫助我很多，我們全家都很感謝她。」

在回家的路上，我的腦海一直浮現沛妤跟她的海蒂阿姨互動的畫面，她們之間像親人一樣和樂。我跟媽媽說：「媽媽，我覺得自己跟弟弟應該好好調整我們對Amy阿姨的態度了，我覺得很慚愧！」

媽媽笑著不斷的點頭。

腦筋動一動

1. 你覺得蓉蓉對Amy阿姨的行為和沛妤對海蒂阿姨的行為，兩者相較之下，誰會讓人覺得正確良好，令人喜愛呢？
2. 換作是你，你會如何讓自己做得更好？

十五、大家的好班長

勢服人，心不然，理服人，方無言。

聽老師這樣說

仗勢強逼別人屈服，會讓人口服心不服。只有以理服人，別人才不會有怨言。

生活現形記

老師為了讓每個人都有機會學習服務全班同學，所以讓同學輪流當一星期的班長，等全班都輪完了，再選出大家最喜歡、最敬重的三位班長，繼續為全班服務，也讓大家有學習的「榜樣」。

這一週輪到林冠霆，剛開始，我覺得他滿好的，喊口令的聲音大又清楚，而且很會管秩序和整潔，上科任課比較吵鬧時，他也會大聲喝斥大家：「不要講話！」使全班安靜下來。

但是，慢慢的大家越來越不喜歡他了。

就像今天午休時，鈴聲才剛響，林冠霆就跳上講台大叫：「安靜，趕快都回座位趴下睡覺！」陳美玲只是晚了一點走進教室，他就說：「違規一次。」

陳美玲向他解釋說：「我去找體育老師。」

他就說：「再說就記兩次。」讓陳美玲氣得直跳腳。

他常常利用老師不在時，大聲罵我們，並利用班長的身分強勢壓制大家，同學們反抗時，他就說：「怎樣，我是班長，老師不在時，我最大！」搞得全班好多同學都跟他吵架，當然也有一堆人都去找老師告狀了。

老師花了半節課了解詳情並跟我們討論，最後全班一致決定再給林冠霆機會，讓他完整當完一星期，但是，他必須調整自己的行為。因為班長是幫助老師來照顧與服務大家，所以管理秩序不可以威脅恐嚇，記違規更要合情合理。老師也都是用道理或故事來引導我們，讓我們了解是非對錯，不是強迫我們完全服從，這樣大家才會心服口服。

經過這次事件後，我發現要成為一個讓人心服口服的好班長，真的不容易啊！

腦筋動一動

1. 為什麼林冠霆管全班秩序的方式，會讓大家覺得不舒服，也無法接受？
2. 你會像林冠霆這樣強壓別人服從嗎？為什麼？你覺得該怎麼做才可以讓大家願意接受且配合？

主題六：〈親仁〉——同好朋友

一、誰是最佳偶像？

同是人，類不齊，流俗眾，仁者希。

聽老師這樣說

世界上的人各式各樣，平凡的人比較多，有仁德的人比較少。

生活現形記

最近班上的男生在下課時都不太跑出去打球，總是圍在一起討論事情，起因是有一次上完自然課時，陳玉婷問王老師喜歡五月天還是喜歡556？引發大家熱烈的討論，紛紛開始分享各自最喜歡的歌星或演員。

「○○最酷了，動作超厲害。」

「○○好會寫歌，歌詞很像我心裡想說的話。」

「我喜歡百變天后，好會跳舞。」

「○○身材好，造型好看，歌聲又好聽。」

「○○團各個都是帥哥，『手勢』超可愛，百看不厭！」

「○○自彈自唱還會創作寫歌，真是多才多藝。」

沒想到演變到最後，班上竟然分成兩派，為了維護自己最喜歡的偶像，互相爭吵攻擊，戰火更蔓延到上課時間，兩派人馬互相傳紙條批評對方，老師中途攔截紙條，才讓事情浮上檯面。

於是，老師利用自習課和大家討論「偶像」。老師把黑板分成A、B兩個區塊，讓兩派的粉絲分別上前寫下自己偶像的所有優點，結果如下：

A區：一、歌很好聽。二、長得帥。三、會樂器。四、會創作。五、很努力。六、很會跳舞。

B區：一、很帥氣。二、很會唱歌。三、會自彈自唱。四、很會跳舞。五、會表演。六、不怕困難。

「咦！怎麼兩邊的內容差不多？」

老師問我們：「可以跟這些偶像學些什麼？」

「找到自己有興趣的事。」

「培養自己的才藝。」

「不怕困難。」

「不斷堅持努力，最後終於成功。」同學們紛紛回答。

「不錯，每個成功者的背後都有一段艱辛的歷程，都有值得學習的地方。」

誰會是每個人心目中的最佳偶像？

「每個人都各自有不同的風格，不需要去批評別人。」

這時，綽號小聖人的李雅鈴突然舉手問老師說：「老師，我們不是應該立志學做聖賢嗎？為什麼大家都只想做明星？」

「雅鈴說得很好，是不是還有更值得我們學習的典範呢？」老師把黑板上的A、B區擦掉並說：「現在請同學們上來寫下自己最喜歡的偉人，為什麼喜歡他？可以跟他學什麼？對人類有哪些貢獻？」

黑板上出現了跟剛才完全不同類型的人物：孔子、孟子、佛陀、耶穌、德蕾莎修女等人。

老師說：「可以跟這些偉人學些什麼？」

同學們回答說：「做對人類社會有益的事」、「有智慧」、「捨己為人」……

小聖人李雅鈴又問道：「我們可以做得到嗎？」

老師說：「聖人也是從凡人來的，人人都可以成為堯舜。所以一開始時，立志一定要高遠。」

透過這堂討論課，發現自己容易盲目的跟著追求流行、崇拜偶像，難怪能成為「偉人」的人不多，其實很多聖賢也很值得我們崇拜與學習。經由比較這兩種不同類型的「偶像」的結果後，帶給我們很大的震撼！

腦筋動一動

1. 你覺得追求流行風氣的人比較多，還是追求品性修養、提升自我價值的人比較多？為什麼？

2. 以上兩種人，哪一種人對人類社會較有幫助？為什麼？而你又是屬於哪一種人呢？

二、我的蜜蜂老師

果仁者，人多畏，言不諱，色不媚。

聽老師這樣說

一位真正的仁者，大家都會敬重他，因為他說話公正坦誠，不會刻意去討好別人。

生活現形記

第三節下課時，教資訊課的朱老師來找班導，朱老師告訴她：「王主任請余老師下樓討論事情。」

朱老師突然對著我們說：「你們余老師好忙喔！」

「對呀！」大家不約而同的回答。

接著同學們你一言我一語。「我媽跟我說：『你們班老師很忙喔，晚上打電話找她時，她都還在學校工作。』」王成美說。

曹士元說：「昨晚六點半我來學校打球，我們班教室的燈還亮著，我在樓下大聲喊余老師，老師還走出來跟我打招呼。」陳冠宏也說：「對耶，我常常練完桌球要回家時，老師都還沒回去。」

總是看到有其他位老師和主任來找班導討論事情。「朱老師，您知道班導為什麼這麼忙嗎？」我滿臉問號的問。

上資訊課時，朱老師問我們：「你們覺得余老師是個怎麼樣的人？」大家七嘴八舌紛紛搶著說：

「她人很好、很公平。」

「她很會幫助人、很聰明。」

「她一點都不虛假，很尊重別人。」

「她都以身作則，不會騙人。」

「對呀！你們很了解余老師嘛！那就應該猜得出來她為什麼那麼忙了。因為你們老師處事公正，會考慮別人的感受，所以在學校很受人敬重，大家都願意聽她的話，她常常幫助大家解決問題。既然知道你們老師這麼忙碌辛苦，想不想幫她呀？你們是不是要更乖、更懂事聽話？」

全班立刻大聲回答：「是！」

晚餐時，我跟爸媽分享朱老師今天所說的話，爸媽都覺得余老師真值得敬佩，爸爸還說：「上次班上同學欺負人，你們班導沒有刻意討好哪一方家長，也沒有隱瞞真相，現在像你們這樣的老師已經很少了，要珍惜跟她相處的時間啊！」

腦筋動一動

1. 為什麼會有很多人來找余老師處理或討論事情呢？
2. 余老師有什麼和他人不同的地方？
3. 不斷要求自己有良好品德修養的人，別人會如何對待他？為什麼？我希望自己也能成為這種人嗎？如何做？

三、小瑋成長記

能親仁，無限好，德日進，過日少。

聽老師這樣說

親近有仁德的人，向他學習，會帶來很多好處，品德一天天進步，過錯一天天減少。

生活現形記

「小瑋，今天好多人誇獎你喔！」上週日去爺爺奶奶家，爸媽在回家路上很高興的說。

「是嗎？誰誇我？誇我什麼？」我好奇的問，雖然也有猜到一點點，但我還是很想知道詳細的內容。

「你爺爺奶奶和叔叔嬸嬸都很誇獎你呀！」

「說你這次回來變得很懂事聽話，會幫大人做事。」

「還會打招呼，也會禮讓弟妹，不跟他們爭吵。」

「你還教小萱和小柏要互相分享玩具，不可以吵架。」

「你真的很厲害喔！」爸媽連續不停的說了好多我的優點。

哇！這麼多讚美，我聽了超開心！

以前在家裡或是回爺爺奶奶家，我常常和弟弟爭玩具，一有不如自己意願的事情就大哭大鬧，還會躺在地上不願意起來，每次都讓大人們很頭痛，而且我很喜歡

一家人和樂相處，
全家人都開心！

去捉弄堂妹和堂弟，搶他們的食物和玩具，讓他們哭著追我，也讓大人為了我們的事忙個不停。爺爺奶奶也就漸漸的不喜歡上台北來看我們，爸媽也不太常帶我和弟弟回爺爺奶奶家了。

我上了小學之後，在學校也一樣常讓老師們感到頭痛，但是，總覺得是他們挑我的毛病，所以不太敢也不想靠近老師。升上三年級後，我才逐漸明白他們的用心，我做錯事時，他們會很有耐心的開導我，只要我有一點點進步，老師也會稱讚我、鼓勵我，讓我越來越想要跟他們親近，得到他們的肯定。於是，我開始聽話，並且照著老師們教的道理去做，沒想到一年下來，越來越多人誇我有進步，我好高興。

原來，跟著有仁德的人正確的學習，可以讓自己的品德變好而且人見人愛，真是太好了呀！

腦筋動一動

1. 為什麼小瑋非常開心？
2. 小瑋是如何改變自己的？

四、我和我的好朋友

不親仁，無限害，小人進，百事壞。

聽老師這樣說

不親近有仁德的人，會產生無窮的禍害，小人會趁機靠近，影響我們的言行舉止，敗壞所有的事。

生活現形記

「小銘，聽媽媽說……」

「我不要聽了！媽媽和老師都好討厭！」我哭著衝出家門，一邊用力踩著腳踏車前進，一邊流著淚。

這一個月來，已經是第三次和媽媽起衝突了！都是那個愛管東管西的老師向媽媽說什麼要多注意孩子的交友狀況，還說我最近成績退步了。媽媽就盯著我的朋友，尤其是對高年級的小華特別看不順眼，說他不正經，又常約我去網咖，她好擔心我會被帶壞。

媽媽根本不了解小華，他夠酷又對我很好，每次都會認真聽我說話，不像大人只會一直講道理，只會要求，都不聽我們說。

咦？前面就是小華家，去找小華聊天解悶。小華一聽完我的抱怨，忍不住大笑：「別管你媽，沒關係，不要再聽那些大人說教了，我帶你去Happy！」我點點頭，終於找到了解我心聲的好朋友。

真正的好朋友會
和你並肩作戰，
同心協力，一起
踢出漂亮好球！

之後，我越來越聽不進老師和媽媽的話，只要心情不好就去找小華，和同學的關係也越來越疏遠。雖然有時候，我覺得小華講話有些奇怪，有些行為不太恰當，但是為了能跟他一起玩、一起聊心事，我也就不管了。

有一天，媽媽哭著到警察局保我，因為我和小華在公園偷牽腳踏車被逮到了。看到媽媽失望的眼神，我低下頭，這時才突然醒悟，短短幾個月內，我竟然從人人稱羨的好學生，變成鄰居口中的壞孩子。我好後悔！我哭著說：「媽媽，對不起！我錯了，我再也不敢了……。」

腦筋動一動

1. 小銘為什麼會從好學生變成了壞孩子？
2. 小銘說他好後悔，你覺得他在後悔什麼？
3. 你會選擇交哪種朋友或跟哪些人學習？你是如何選擇的？結果又是如何？

主題七：〈餘力學文〉——學習向上

一、身體力行

不力行，但學文，長浮華，成何人。

聽老師這樣說

對於孝、弟、謹、信、汎愛眾、親仁的內涵，只在文字學術上研究探求，不在生活中實踐，容易養成不切實際的個性，無法成為一個有用的人。

生活現形記

我的好勝心很強，做什麼事都很在乎輸贏。沒想到，五年級分班後，竟然被編到一個比什麼輸什麼的班級，真是有夠衰的，我還常因此生氣。

今天全班練習大隊接力，心想：「反正是練習，為何要認真跑！」雖然耳邊不斷傳來同學的呼喊：「宇翔，你跑快一點！」、「宇翔，快呀！」但拿到接力棒的我，仍不願加快步伐。練習結束後，同學的抱怨接踵而來，我不屑的丟下了一句話：「你們為什麼不自己跑快一點！」便氣呼呼的轉身回教室。

沒想到，這件事被老師知道了，老師問我：「宇翔，你的書讀得這麼好，想想看，書中不是告訴我們做什麼事都要全力以赴，在團體中要和同伴合作嗎？懂了書中的道理，還要實踐出來，才有用啊！」老師看我不答話，接著又提醒我：「你有沒有發現，同學因為你成績好，懂得多，每次你提出好想法時，就算你對同學們態度不好，他們還是挺你？」

聽了老師的話，我有些不好意思。真的！我常常對同學口出狂言，但他們好像對我都還滿好的，而這個想法，馬上就得到證實了。

沒隔幾天，我跳階梯下樓摔斷了腿，打上了石膏，而且必須坐輪椅、搭電梯到教室。「老師，不好意思，這幾個星期要麻煩您和班上同學照顧了！」媽媽不斷拜託老師，老師微笑的回答：「班上同學很熱心，他們會照顧宇翔的，請放心！」

上課時，老師問：「今天誰要當宇翔的貼身護衛？」「我！」、「我！」、「我！」看著好多同學舉起的一隻隻手，我真的覺得很羞愧。

雖然我在功課和體育上都表現良好，也懂得很多知識，但是，光說不做還沾沾自喜，老是瞧不起別人。今天看到同學是這麼有愛心，在我需要時還幫助我，他們才是最懂得實踐書中道理的人，真的比我優秀太多了。

經過這次的受傷事件，我決定不僅要認真學習，也要身體力行，將書中的知識實踐出來，才是一名真正的好學生啊！

腦筋動一動

1. 學了知識而不去實踐，有用嗎？為什麼？
2. 班上有沒有「光說不做」的人？大家喜歡他嗎？為什麼？你有沒有光說不做？

二、拳頭驚魂記

但力行，不學文，任己見，昧理眞。

聽老師這樣說

只是一味的實踐德目，卻不肯讀書學習，依著自己的認知做事，就容易不明事理。

生活現形記

「你為什麼打我！」我一拳回擊過去，只見葉秉宏跌坐在地上，同時耳朵立刻傳來麗玲的聲音：「老師，快來，阿倫用拳頭打了葉秉宏的肚子，他倒在地上喊痛！」

老師先去看葉秉宏，轉過頭來對我說：「阿倫你過來，剛剛是怎麼回事？」

我大聲的說：「是葉秉宏先推我的。」

「別人欺負你，你要來跟老師說，怎麼可以回手呢？」

「可是，我媽媽說人家打你，你就打回去，以後他就不敢欺負你了。」

放學後老師要我留下來，說要跟家長面談，我覺得很委屈，又不是我先打人的。

沒等多久，媽媽真的出現在教室門口。老師把白天發生的事告訴了媽媽，並說：「開學到現在，類似的事已經發生不止一次了，阿倫不覺得自己有錯，這才是我比較擔心的。」

媽媽看了我一眼，跟老師說：「阿倫的爸爸長期在大陸工作，好幾個月才回來一次。阿倫讀幼稚園時偶爾會被同學欺負，我怕他不會保護自己，才這樣說。」

老師說：「我能理解媽媽想保護自己小孩的心情，也看到阿倫願意聽媽媽的話。不過小孩子常衝衝撞撞，會不會有可能『推你、碰你』是他表達想跟其他孩子玩的心情，而你誤會了呢？況且以牙還牙不見得是最好的解決方法。」

媽媽對老師說：「老師，對不起！您這樣一說，才發現我只叫阿倫要懂得保護自己，卻沒引導他要明辨是非，謝謝老師。」

回家前老師摸摸我的頭說：「阿倫你很孝順，《弟子規》上說：『德有傷，貽親羞』以後要多想想書上是怎麼說的，明天要去跟葉秉宏道歉喔。」我有點不好意思的點點頭。

腦筋動一動

1. 阿倫為什麼打人？
2. 別人打你，你就應該打回去嗎？為什麼？
3. 如果聽了長輩的話就去做，卻沒有進一步認真學習、思考判斷，會產生哪些問題？

三、讀書三撇步

讀書法，有三到，心眼口，信皆要。

聽老師這樣說

讀書的方法要注重三到：心到、眼到、口到，三到缺一不可。

生活現形記

月考快到了，老師規定的複習範圍好多，而且所有的內容都要讀十遍，讓我光想到要念，就覺得很累！

不只這些，還有一堆功課，好煩！所以我就選擇趕快念完交差了事，結果念完十遍，媽媽幫我驗收時，還是錯漏百出，一點複習的效果都沒有，真是令人洩氣！

花了那麼多時間卻沒用，就更不想讀了。

「子涵，你讀得不夠熟，應該要再多讀幾遍。」

「讀再多也沒用，因為我已經念過很多遍啦，還不是錯很多。」

「那是因為你只是隨口念過，沒有真正『用心』在念，所以沒辦法牢牢記住。《弟子規》裡不是有提到『讀書法，有三到，心眼口，信皆要。』還有《古今背書方法》裡也有說過，如果不專心就會看錯、漏字，只是隨口念當然記不起來，勉強記住一下就忘了。你要不

努力準備考試，謝謝爸爸媽媽在一旁的提醒與加油打氣。

要用正確的心、眼、口三到讀書法來試試看？」

「真的會有效嗎？」

「你不試試看，怎麼知道？」

「為了能讓考試過關，只好試試看了！」

果然，照著正確的方法複習，把每個字都讀到心裡面，錯漏的地方少了很多，再針對錯誤或不熟的地方多讀幾次，很快就背起來了。

我有信心，這次月考成績我一定會進步的！

腦筋動一動

1. 剛開始複習功課時，子涵為什麼感到氣餒？她遇到什麼樣的困難？
2. 媽媽如何幫助子涵突破困難？這個方法有效嗎？為什麼？

四、寧靜閱讀守則

方讀此，勿慕彼，此未終，彼勿起。

聽老師這樣說

不要一本書才剛開始讀沒多久，就想去讀其他的書。這本書學通了，再學第二本，不要貪多馬虎。

生活現形記

每天早上，班上都有一段「寧靜閱讀」時間，很多班級書箱裡的書也都很有趣，所以每次輪替各班書箱時，大家都會搶著去找自己喜歡的書來看。

「這是我先看到的。」

「是我先拿到的。」

「你明明已經有一本在桌上了。」

「我已經看完了，只是先來選其他的，待會兒就會把那本拿來放。」

「你亂說，我明明看你剛剛才翻到一半。」

「拿來啦！」

「我不要！」

正當王宏銘和曹士軒兩人爭執不下時，老師快步走過來問：「你們在做什麼？」他們兩個人爭著跟老師說明，這時下課鐘聲響了，大家也結束了「寧靜閱讀」時間。

上課的時候，老師要我們想一想，今天早上，王宏銘和曹士軒的爭執，哪一個人比較有道理？

「王宏銘說是他先看到的。」

「應該是誰先拿到就是誰的吧！」

「曹士軒桌上已經有一本才看了一半的書，他看到另一本他想看的，就搶先拿了過去。」

「喔！」老師沒說什麼，要我們繼續討論。

「應該看完一本再拿一本吧！」

「嗯！」老師點了點頭。

「一本書沒看完就開始看第二本，很容易搞混！」

「一本書才看了幾頁就去看另一本，每樣都只懂一點點，看再多本也沒有用啊！」

同學們一個一個講出了自己的看法，老師也提到了：「學習必須精熟才好，這樣才不會好像都懂一些，但是，事實上什麼都不夠專精。看書也要專注深入，如果每本書只翻一翻就換一本，就沒有辦法真正深入學習。」

最後，老師還讓我們討論訂定維護「寧靜閱讀」品質的辦法。大家決議每人每次在時間內只能選一本書來看，不能中途更換。

果真，全班從此進入了寧靜、專心又能深入閱讀的學習了。

腦筋動一動

1. 你覺得王宏銘和曹士軒兩人吵架的真正原因是什麼？他們的問題有被解決嗎？又是如何解決的？
2. 「學習」需要專精嗎？為什麼？
3. 如果學習不夠深入，可能會發生哪些問題？

五、我的讀書計畫

寬爲限，緊用功，工夫到，滯塞通。

聽老師這樣說

訂定讀書計畫時，期限可以寬裕一點，但是也不能沒急迫感就放鬆拖延，所以規劃好就要加緊用功。日積月累，工夫深了，有疑惑的地方自然迎刃而解。

生活現形記

「完了，這次數學又爆了！怎麼辦？」阿城愁眉苦臉的自言自語！

「志賢，你的那份讀書計畫可不可以借我參考一下？」

「咦？那個不是早就要交了，怎麼了？況且每個人的情況都不同，借你看有用嗎？老師不是在課堂上講解過怎麼定計畫了嗎？」

「我有聽呀！但是我太貪心，把計畫定得太嚴格了，才開始兩天就受不了而無法持續，結果這次數學考很爛。剛剛老師看完我的計畫後，跟我說：『這樣的計畫執行起來會很累，不容易持續。』老師建議我來找你問問。」

「好吧！沒問題，借你看一下我的。」

「哇！志賢，你週一到週五晚上都還安排自己的休閒時間，週六、日合起來還放假一天呀！老師不是說每天、每週、每個月都要有預習複習的進度和時間嗎？」

「拜託，你只聽了一半！雖然老師強調做計畫要能夠持續執行，但是，老師也有說，做計畫要寬鬆些啊！最好保留適度的彈性，以應付一些臨時突發狀況，而且適度的休息和放鬆才會有體力啊！這樣我們才有辦法確實執行計畫。」

「真的嗎？老師有說這些嗎？我怎麼沒聽到……」

「看看你，那時候上課在做什麼呀？難怪你撐不下去！」志賢邊說邊整理書包準備離開！

「志賢，你別走啦！借我抄一下你的計畫表，拜託！」我求求志賢。

「自己的計畫要自己寫，依照每個人的實際狀況啦！我要下去打球了。」

腦筋動一動

1. 阿城為什麼要去找同學幫忙？
2. 你有訂定讀書計畫嗎？為什麼？有沒有訂定讀書計畫的差別在哪裡？
3. 你覺得訂定讀書計畫時，應該要注意什麼，才能讓計畫持續且確保執行的品質？

確切執行自己的計畫與安排，生活過得充實又開心。

六、打破砂鍋問到底

心有疑，隨札記，就人問，求確義。

聽老師這樣說

心裡有疑問，隨時做筆記，一有機會，就向人請教，一定要清楚明白它的意義。

生活現形記

「如果這幾題還是不會寫，下課留下來，老師再講一遍。」

段考結束後不久，老師一題題為我們解題，又交代我們要訂正自己錯誤的部分，其實我還是不太懂，但是我已經和小景約好下課時去操場玩。算了，到安親班再問老師就好了。我把數學考卷塞到抽屜裡，轉身去找小景。

「小如，你的數學考卷都訂正了嗎？錯的題目都搞懂了嗎？」安親班的陳老師走過來問我。

我搖搖頭並說：「沒有，我覺得好難喔！我們班老師有講解，但是，我還是不怎麼懂！」

「來，我們看看你哪裡不懂。」我拿出數學考卷，聽著陳老師的講解。

「小如，拿出紙筆來啊！不動手算怎麼學會！」我慢吞吞的拿出紙筆，心想，下次考試怎麼可能出一樣的考題啊！

期中考時，沒想到這些題型又出現了，我還是不會寫，考出來的成績更差了。爸爸簽名的時候問我：「這些題目現在會了嗎？」我不好意思的搖搖頭。

「小如，這些題目之前就考過，也複習過了，怎麼還是不會？」

「因為我想說考完、訂正完就算了，而且我聽了好幾次還是聽不懂。」

「小如，這種心態對學習是沒有幫助的。如果發現自己不會、聽不懂的時候，應該就要馬上去問老師或同學，想辦法弄懂才對呀！」

「爸爸不是在乎你的成績，但是，很在乎你的學習態度和方法，學不會真的會很痛苦，爸爸會擔心，也會捨不得看到你這麼痛苦呀！」

原來爸爸這麼擔心我，我從來都沒想過「沒弄懂、沒學會」會產生如此大的影響，也會讓自己以後更痛苦。我答應爸爸，以後有聽不懂的地方就會趕快問清楚，才不會考得很差又學不會，還讓爸爸擔心。

腦筋動一動

1. 小如一直不想把數學題目弄懂，這樣會產生什麼樣的後遺症？
2. 你也有像小如這樣的經驗嗎？你那時是怎麼做的、怎麼想的？
3. 學習時，遇到聽不懂、有疑問或學不會的地方，要怎麼做才能幫助自己學會？

七、最美的書桌

房室清，牆壁淨，几案潔，筆硯正。

聽老師這樣說

房間要整理清潔，牆壁要保持乾淨，書桌上的文具要放置整齊。

生活現形記

「玲玲，桌面上的文具和書籍趕快整理一下！」媽媽每天都在催促著我整理桌子，因為我的習慣不好，東西亂放，所以桌面總是亂七八糟，讓媽媽很頭痛！有一次，媽媽忍無可忍，警告我說再不改進，就要把我這個壞習慣告訴老師。

有一天，老師一進教室就在螢幕上秀出兩張照片，問我們這兩張有什麼不同？

同學們七嘴八舌的回答：「哇！這張桌子好整齊。」、「哇！這張好可怕喔，這麼亂！」我一看，嚇了一大跳，難道媽媽真的把我的桌面拍了照之後傳給老師了嗎？仔細一看，還好不是我的桌子，真是好險！

老師指著整齊的書桌問我們：「你的書桌像這樣整齊的請舉手。」我當然不敢舉手，我很擔心老師會叫到我，還好老師接著請同學分享書桌整齊的好處。我仔細的聽同學的分享，才發現這些話媽媽早就講過了。最後老師說：「剛剛很多人沒舉手，表示你們還沒有養成整理整齊的好習慣，要趕快加油了。」

一回到家，我就開始整理書桌，媽媽走過來驚訝的看著我：「怎麼

啦？怎麼開始整理書桌了？」

「因為這樣才能好好讀書啊！」我笑著回答。

腦筋動一動

1. 媽媽常提醒玲玲什麼事？為什麼？
2. 如果書房、書桌或讀書的地方經常髒亂，會有什麼影響？
3. 你讀書的地方髒亂嗎？應該如何維持整潔來幫助自己學習？

八、頑皮的毛筆字

墨磨偏，心不端，字不敬，心先病。

聽老師這樣說

寫毛筆字時，墨條磨歪了，就是心不在焉。寫出來的字歪歪斜斜的，代表你的心煩躁不安、定不下心來。

生活現形記

「媽，你看啦，這書法這麼難寫，怎麼寫都寫不好，而且還這麼多字，怎麼辦？暑假作業一定寫不完！」

「小涵別急，我來看一下。」

「別緊張啦，我幫你算過了，一天只要寫兩個字而已，一定寫得完。」

「我最討厭寫書法作業啦！」

「媽媽又不要求你寫得多、寫得漂亮或去比賽，只要一筆一畫慢慢寫就可以了。」

其實我很不喜歡寫毛筆字，因為覺得很難，每次寫的時候就會心浮氣躁，定不下心來，所以字就越寫越難看了！

媽媽發現我的問題後，就讓我每天一大早先寫書法作業，還教我慢慢的磨墨來培養耐心。經過一段時間後，我真的發現這樣做心情會比較穩定、比較能專心，加上字數不多，沒有壓力，也就不會那麼討厭寫毛筆字了，反而

對自己要有自信，
退散浮躁的心。

很快就能完成，寫出來的字也比以前進步很多！

現在我才明白從一個人寫的字，可以看出他寫字時是煩躁或專心。難怪古人會說，練毛筆字就是在練心，真是一點也沒錯呀！

腦筋動一動

1. 小涵剛開始沒有辦法好好完成書法作業的原因是什麼？
2. 你也曾遇到相同的困難嗎？
3. 小涵如何突破她所遇到的困難？
4. 小涵從媽媽的引導中體會了什麼道理？

九、媽媽的法寶

列典籍，有定處，讀看畢，還原處。

聽老師這樣說

書籍要排列整齊，放在固定的地方，看完後，要放回原位。

生活現形記

「媽，你有沒有看到我的英文課本？」

「你昨天晚上不是還在看嗎？想想看，你看完放在哪裡了？」

「我就記得放在桌上啊，怎麼會不見？」

「提醒過多少次了，你看你平常總是把作業、課本放得滿桌子都是，又都堆在一起，難怪你會找不到你要的書。」

「媽，你不要再說了啦，趕快幫我找，我快來不及了！」

「你不覺得花那麼多時間找書，很麻煩嗎？」

「可是，每天都會用到呀，擺來擺去更麻煩！」

「你要不要先把桌上的書籍整理一下。」媽媽一邊說一邊動手整理，按照書本類別、大小以及書背朝外來分別排放整齊，然後用書架固定。

「你看這樣所有的書冊不就都一目了然啦！」

「啊！找到了！找到了！原來在這裡。」

「對呀，你看，只要放在固定的位置，就很好找了！而且你不覺得這樣書桌看起來好整潔，念起書來心情都會很好，也比較能夠專心。希望你從此以後養成好習慣，下次再也不必幫你找書了。」

「Yes Sir！我一定會努力做到『物有定位』謝謝媽媽！」

腦筋動一動

1. 這位小朋友為什麼會找不到英文課本？
2. 媽媽用什麼方法幫她找到她要找的書？
3. 從這個經驗中，小朋友體會到什麼？你又有什麼體會或省思呢？

十、我是讀經小狀元

雖有急，卷束齊，有缺壞，就補之。

聽老師這樣說

雖然有急事，也要把書本收好再離開，書本有破損，要盡快修補完整。

生活現形記

每次讀經時，我總是忍不住把手指頭繞著書頁中間轉，如果不這樣，好像就無法專心。久而久之，每一頁中間都破裂，老師常常提醒我：「手指只要輕輕指著字，不要轉，破裂的地方，我們利用下課時，一起用透明膠帶把它補好。」可是一開始讀經時，我的手指頭就會不自覺的轉動，而且下課時間是我玩耍的重要時間，我實在不願意犧牲，所以我的經本不知不覺就破損很多頁了。

到了期中考，班上舉辦讀經小狀元的闖關活動，我很驚訝的看到同學的經本竟然非常完整且乾淨，簡直就像新的一樣，再回頭看看我的，頓時難過了起來。老師知道後，拍拍我的肩膀告訴我說：「我們現在就一起把破損的地方補起來，好嗎？」我點了點頭，還跟老師說：「我以後讀經時要聽老師的話，用手輕輕指字，不要一直轉，才不會又把經本弄破了，真的好丟臉，而且對書也不尊敬，難怪拿不到讀經小狀元！」

老師笑著跟我說：「小勇真棒！知錯能改，是站在自己水平上努力的優秀人才！」我一聽到自己是優秀人才，就又忍不住開心起來了。

腦筋動一動

1. 你會喜歡破損髒亂的書本嗎？你如何保持書本的乾淨完整？
2. 為什麼書本一有破損就要立即修補？

十一、好書好夥伴

非聖書，屏勿視，蔽聰明，壞心志。

聽老師這樣說

不是傳述聖賢道理的書籍，就不閱讀，因為這種書籍會蒙蔽智慧，破壞我們的心志。

生活現形記

「子妍在看什麼？這麼入迷？」媽媽看到我愛不釋手的翻著書，好奇的問。

「這是我從哥哥書櫃裡翻到的，每個人物表情都好誇張、好有趣喔！」我開心的說。

「我也看看！」媽媽把臉湊過來和我一起閱讀。

「嗯，這本書的表達方式、內容和圖畫都不是很好，不適合你看喔。」媽媽很慎重的跟我說。

「不會啊！很精采、很好看呀！我還想要看啦！」我不以為然的回答。

接著媽媽仔細的幫我分析每個人物的特色，說：「你看，書裡的這個人一不高興就口出惡言，甚至還想動手打人，這個人講話很粗魯，還有這個人明明是不對的事，還把自己說成英雄，看完這些會不知不覺跟著學了起來，結果把自己變成是非不分的人，影響很大呀！」

選擇好書，享受閱讀，開闊視野。

媽媽接著問我：「如果別人這樣對你，你會有什麼感覺？」

我靜下心想想，如果有人這樣對我，一定會很不舒服。這時，才恍然大悟，原來我在看這本書的過程中，已經不知不覺吸收了錯誤的觀念，實在是太可怕了。

我終於了解到平常老師和媽媽所說的：「不是所有的書都可以看，要挑選有益身心的讀物，才能真正幫助我們學習成長。」媽媽也藉這個機會再次提醒哥哥，並將書歸還給同學，也提醒同學要注意書的內容。

腦筋動一動

1. 如果子妍常常看這一類的漫畫書，對她可能會有什麼影響？
2. 子妍放下自己的想法，仔細聽了媽媽的說明以後，得到什麼收穫？
3. 子妍有哪些值得我們學習的地方？
4. 你知道哪些書是有益身心的優良讀物嗎？它對我們會有哪些幫助？

十二、我的超人媽媽

勿自暴，勿自棄，聖與賢，可馴致。

聽老師這樣說

要愛惜自己，不要自以為是、狂妄自大，也不要看輕自己、自甘墮落，只要循序漸進，人人都可以成為聖賢。

生活現形記

已經是冬天了，今天感覺特別冷，本來想快點回家，卻越走越慢，因為發了期中考成績單，數學成績簡直慘不忍睹，真的不知道該如何向媽媽交代。曾經向媽媽立下的保證，結果卻考出這種成績，真的很不應該，媽媽會不會以為我都沒改變，和以前一樣愛玩而不念書？

想起以前的貪玩，眼淚不由自主的流了下來。爸媽在我讀幼稚園時就離婚了。這些年，爸爸從沒來看媽媽和我，媽媽的親人都在越南，在台灣舉目無親，但媽媽很堅強，身兼兩份工作，獨自撫養我，她的薪水不多，扣除房租，剩下沒多少錢。以前的我很不懂事，總羨慕同學有手機，穿名牌鞋，甚至抱怨媽媽沒讓我過好日子。

還好有老師的引導，讓我了解有家住、有衣服穿還有得吃，就應該感謝媽媽，我所享有的一切都是媽媽身兼兩份工作換來的。物質條件比不上別人沒關係，我應該要更認真學習才對。於是，我下定決心好好念書，並且告訴媽媽：「我會認真讀書，將來出人頭地回報媽媽多年的辛苦。」

我真的開始認真念書，但是，以前學習基礎不好，所以念得很辛苦，尤其是數學，怎麼念都念不好，真的好想放棄。今天發的成績單，數學成績又不及格，我真的開始懷疑自己是讀書的料嗎？有能力念好書，完成對媽媽的承諾嗎？我越想越覺得難過……。

一走進家門不等媽媽開口問，我馬上向媽媽坦白：「媽，期中考成績出來了，這次數學還是考不好，對不起媽媽，讓您失望了。我實在不是念書的料，等讀到國中畢業我打算念夜校，不再升學了。」

媽媽聽完用很堅定的口吻對我說：「怎麼才一次考不好，就這麼容易放棄呢？你不要被分數擊垮。」

謝謝家人、謝謝自己、謝謝萬物。

「可是……媽，我的數學老是不及格，不管多麼認真努力，都是這種分數！」

「這次雖然數學沒進步，其他科目考得都還不錯呀！媽媽沒有念多少書，但是相信只要願意腳踏實地，不放棄的繼續努力，總有一天，一定會有進步！」

聽了媽媽的鼓勵，我要繼續好好努力。

腦筋動一動

1. 故事中的主角為什麼這麼難過？
2. 他如何面對困難？
3. 你能夠勇於面對困難嗎？你又是如何克服難關？

下課！
準備放假了！

附錄 《弟子規》全文

〈總敘〉

弟子規，聖人訓，首孝弟，次謹信。
汎愛眾，而親仁，有餘力，則學文。

〈入則孝〉

父母呼，應勿緩，父母命，行勿懶。
父母教，須敬聽，父母責，須順承。
冬則溫，夏則凊，晨則省，昏則定。
出必告，反必面，居有常，業無變。
事雖小，勿擅爲，苟擅爲，子道虧。
物雖小，勿私藏，苟私藏，親心傷。
親所好，力爲具，親所惡，謹爲去。
身有傷，貽親憂，德有傷，貽親羞。
親愛我，孝何難，親憎我，孝方賢。
親有過，諫使更，怡吾色，柔吾聲。
諫不入，悅復諫，號泣隨，撻無怨。
親有疾，藥先嘗，晝夜侍，不離床。
喪三年，常悲咽，居處變，酒肉絕。
喪盡禮，祭盡誠，事死者，如事生。

〈出則弟〉

兄道友，弟道恭，兄弟睦，孝在中。
財物輕，怨何生，言語忍，忿自泯。
或飲食，或坐走，長者先，幼者後。
長呼人，即代叫，人不在，己即到。
稱尊長，勿呼名，對尊長，勿見能。

路遇長，疾趨揖，長無言，退恭立。
騎下馬，乘下車，過猶待，百步餘。
長者立，幼勿坐，長者坐，命乃坐。
尊長前，聲要低，低不聞，卻非宜。
進必趨，退必遲，問起對，視勿移。
事諸父，如事父，事諸兄，如事兄。

〈謹〉

朝起早，夜眠遲，老易至，惜此時。
晨必盥，兼漱口，便溺回，輒淨手。
冠必正，紐必結，襪與履，俱緊切。
置冠服，有定位，勿亂頓，致汙穢。
衣貴潔，不貴華，上循分，下稱家。

對飲食，勿揀擇，食適可，勿過則。
年方少，勿飲酒，飲酒醉，最爲醜。
步從容，立端正，揖深圓，拜恭敬。
勿踐閾，勿跛倚，勿箕踞，勿搖髀。
緩揭簾，勿有聲，寬轉彎，勿觸稜。
執虛器，如執盈，入虛室，如有人。
事勿忙，忙多錯，勿畏難，勿輕略。
鬥鬧場，絕勿近，邪僻事，絕勿問。
將入門，問孰存，將上堂，聲必揚。
人問誰，對以名，吾與我，不分明。
用人物，須明求，倘不問，即爲偷。
借人物，及時還，後有急，借不難。

〈信〉

凡出言，信為先，詐與妄，奚可焉。
話說多，不如少，惟其是，勿佞巧。
奸巧語，穢汙詞，市井氣，切戒之。
見未眞，勿輕言，知未的，勿輕傳。
事非宜，勿輕諾，苟輕諾，進退錯。
凡道字，重且舒，勿急疾，勿模糊。
彼說長，此說短，不關己，莫閒管。
見人善，即思齊，縱去遠，以漸躋。
見人惡，即內省，有則改，無加警。
唯德學，唯才藝，不如人，當自礪。
若衣服，若飲食，不如人，勿生慼。
聞過怒，聞譽樂，損友來，益友卻。
聞譽恐，聞過欣，直諒士，漸相親。
無心非，名為錯，有心非，名為惡。
過能改，歸於無，倘揜飾，增一辜。

〈汎愛眾〉

凡是人，皆須愛，天同覆，地同載。
行高者，名自高，人所重，非貌高。
才大者，望自大，人所服，非言大。
己有能，勿自私，人所能，勿輕訾。
勿諂富，勿驕貧，勿厭故，勿喜新。
人不閒，勿事攪，人不安，勿話擾。
人有短，切莫揭，人有私，切莫說。
道人善，即是善，人知之，愈思勉。

揚人惡，即是惡，疾之甚，禍且作。
善相勸，德皆建，過不規，道兩虧。
凡取與，貴分曉，與宜多，取宜少。
將加人，先問己，己不欲，即速已。
恩欲報，怨欲忘，報怨短，報恩長。
待婢僕，身貴端，雖貴端，慈而寬。
勢服人，心不然，理服人，方無言。

〈親仁〉

同是人，類不齊，流俗眾，仁者希。
果仁者，人多畏，言不諱，色不媚。
能親仁，無限好，德日進，過日少。
不親仁，無限害，小人進，百事壞。

〈餘力學文〉

不力行，但學文，長浮華，成何人。
但力行，不學文，任己見，昧理眞。
讀書法，有三到，心眼口，信皆要。
方讀此，勿慕彼，此未終，彼勿起。
寬爲限，緊用功，工夫到，滯塞通。
心有疑，隨札記，就人問，求確義。
房室清，牆壁淨，几案潔，筆硯正。
墨磨偏，心不端，字不敬，心先病。
列典籍，有定處，讀看畢，還原處。
雖有急，卷束齊，有缺壞，就補之。
非聖書，屏勿視，蔽聰明，壞心志。
勿自暴，勿自棄，聖與賢，可馴致。

閱讀《弟子規》：從生活中認識經典的智慧

2017年4月初版　定價：新臺幣290元
2019年2月初版第六刷

著　者	福智文教編輯群
繪　者	吳宜庭
叢書主編	黃惠鈴
叢書編輯	張玟婷
整體設計	蕭玉蘋
校　對	趙蓓芬

出版者	聯經出版事業股份有限公司
地址	新北市汐止區大同路一段369號1樓
編輯部地址	新北市汐止區大同路一段369號1樓
叢書主編電話	(02)86925588轉5312
台北聯經書房	台北市新生南路三段94號
電話	(02)23620308
台中分公司	台中市北區崇德路一段198號
暨門市電話	(04)22312023
郵政劃撥帳戶第	0100559-3號
郵撥電話	(02)23620308
印刷者	文聯彩色製版有限公司
總經銷	聯合發行股份有限公司
發行所	新北市新店區寶橋路235巷6弄6號2F
電話	(02)29178022

總編輯	胡金倫
總經理	陳芝宇
社　長	羅國俊
發行人	林載爵

行政院新聞局出版事業登記證局版臺業字第0130號

本書如有缺頁，破損，倒裝請寄回台北聯經書房更換。　ISBN 978-957-08-4924-0 (平裝)
聯經網址 http://www.linkingbooks.com.tw
電子信箱 e-mail:linking@udngroup.com

國家圖書館出版品預行編目資料

閱讀《弟子規》：從生活中認識經典的智慧/
福智文教編輯群著．吳宜庭繪．初版．新北市．聯經．
2017年4月（民106年）．304面．17×23公分
ISBN 978-957-08-4924-0（平裝）
[2019年2月初版第六刷]

1.弟子規 2.研究考訂 3.生活指導

802.81 106004135